KB201910

사랑할 기회

일러두기

: 저자 고유의 글맛을 살리기 위해 표기와 맞춤법은 저자의 스타일을 따릅니다.

사랑할 기회

박근호 산문집

차례

1부

2부

3부

4부

1부

물음표

난 내가 다 컸다고 생각했는데
이건 뭐 매일매일 성장하고 있잖아?

좋은 사람

저 그렇게 좋은 사람 아니에요.
겉으로 보기에는 그럴 수 있지만
마음은 많이 멍들었고요.
때로는 이기적이고 때로는 비겁하고
단점도 약점도 많이 가지고 있는 사람이에요.

 그래서 좋은 사람이라고 생각하는 거예요.
보통은 자기 못난 점 잘 이야기 안 하거든요.
한번 해봐요, 사랑.

 나랑.

위로

지독하게도 다투고
울고불고 화해했던 어느 오후
침대에 나란히 누워 네가 말했지.
어머니한테 내 이야기를 한 적이 있는데
어머니께서 이렇게 말씀하셨다고.

아마 그 친구는 당연한 게 하나도 없어서
자신이 가진 걸 지키려고 할 거야.
소유욕이 강한 게 아니라
상처가 많은 거니까 잘 보듬어줘.

너는 알까.
그 말을 들으면서 그때 울었던 것보다
훨씬 더 많이 울고 싶었다는 걸.
정말 어린 아이처럼 소리 내서 울고 싶었는데
그 순간도 그러지 못하고 꾹 참아버렸던 나는
그 순간 무엇을 지키고 싶었던 걸까?

충동

왜 그렇게 고민됐는지 모르겠다.
간단한 거였는데.

코로나가 제법 잠잠해지자 다시 문화 예술 산업이 활발해
지기 시작했다. 정말 오랜만에 1,000만 관객을 넘은 영화였
다. 범죄도시2가 개봉했을 때였다. 주변에서 누군가와 대화
할 때마다 꼭 거론되는 영화였기에 한번 볼까 싶었던 것이다.
작업실에서 퇴근하고 집으로 돌아오면 서재로 다시 출근하는
패턴인데 그날은 그 당연했던 패턴마저 지겹게 느껴지는 날
이었다. 익숙하게 현관 앞에 가방을 내려놓자마자 마음에 뭔
가 얹힌 것처럼 답답했다. 문제는 한 번 집으로 들어오니까
다시 나가기가 여간 어려운 게 아니었다는 것이다. 그냥 누
워서 티브이를 볼까 저녁을 챙겨 먹고 일찍 잘까 고민하고 또
고민하다가 결국 광고가 다 끝나갈 때쯤에야 극장에 들어갈
수 있었다.

심야 영화였고 동네에 있는 작은 영화관이었으니 사람이 거의 없다고 봐도 무방할 정도였다. 그래도 극장은 극장이라고 영화관에서 영화가 시작될 때 느껴지는 그 특유의 웅장함을 느끼고 나서야 알았다.

아, 오랜만이구나. 정말 오랜만이구나.

영화의 줄거리는 예상했던 대로 흘러갔지만, 그래도 재밌었다. 새벽 두 시가 넘어서야 극장을 나섰다. 집으로 돌아오면서는 창문을 열고 차에서 나오는 노래를 따라 불렀다.

가끔 이렇게 충동적으로 무언가를 하고 싶을 때가 있다. 누군가는 영화를 보는 게 충동적인 거냐고 할 수도 있겠지만 무려 몇 년만의 영화라면 이야기가 달라지지 않겠는가. 그것도 집에 들어와서 갑자기 생각난 거니까.

종종 충동적으로 머리를 자르고 충동적으로 밤 기차를 타고 바다를 보러 가고는 한다. 충동적으로 집에 가는 길에 혼자 술을 마시기도 하고 충동적으로 갑자기 나처럼 영화를 보기도 한다. 그뿐이겠는가. 충동적으로 무언가를 배우겠다며 학원에 가기도 하고 한 사람을 너무 빠르게 사랑하게 되기도 한다.

살다 보면 계획하지 않았던 일을 나도 모르게 하게 될 때가 있다. 그리고 그때마다 내가 너무 갑자기 무언가를 하는 건가 하는 막연한 걱정도 하게 된다. 사람들은 흔히 충동적인 건 별로 좋지 않다고 말하니까. 하지만 생각해보면 정상적인 범주 안에서 충동적으로 무언가를 하고 났을 땐, 오히려 기분이 좋았던 적이 훨씬 많았다. 보통 어떤 욕구가 마음속에서 갑자기 일어났다고 생각하지만, 사실은 오랫동안 원하고 있었던 걸지도 모르는 것이다.

　몇 년간 영화관조차 제대로 가지 않을 정도로 생활했다면 다른 건 안 봐도 뻔하지 않겠는가. 그날 답답함을 느껴서 새벽에 영화를 보러 간 건 충동적이었다고 생각할 수 있겠지만, 조금만 깊게 들어가서 보면 그동안 내가 일상의 아주 작은 변화라도 원하고 있었던 걸지도 모른다. 매번 작업실에서 퇴근하고 서재로 출근하는 삶이 아니라. 충동적으로 보일 수 있는 행동은 사실 마음속에서 조금씩 피어나고 있었지만 갑자기 혹은 어떠한 계기에 의해서 발현될 수 있다. 그러니 갑자기 무언가가 하고 싶은 생각이 든다면 덜컥 시작하는 것도 좋겠다. 그건 다만 눈치채지 못했을 뿐이지 내가 오랫동안 원하고 있었던 걸지도 모르니까.

　충동적인 건 생각보다 옳다.

생활

드디어 프로가 됐다. 아마추어와 프로를 나누는 기준에는 여러 가지가 있을 것이다. 취미냐 직업이냐로 갈릴 수도 있을 것이고 흔히 말하는 장인은 도구 탓을 하지 않는다는 말처럼 장비나 상황에 상관없이 달성해내느냐 그러지 못하느냐의 차이도 있을 수 있다. 나는 오늘 나를 프로로 인정하기로 했다. 글을 쓰는 것에 있어서 프로가 됐다고 생각하는 이유는 지금 제사 음식을 만들면서 동시에 글을 쓰고 있기 때문이다.

집안에는 내일 제사에 쓰일 음식 냄새가 가득하다. 다시 말하면 생활의 냄새가 가득하다는 것이다. 이렇게 생활의 냄새가 가득한 곳에서 글을 쓰는 건 생각보다 쉽지 않다. 아무래도 몰입도 덜 되고 창의력이 떨어지는 환경이기 때문이다. 지금의 나는 주부 모드의 나와 작가 모드의 내가 막 뒤섞여 있는 상태다. 대개 많은 관계가 그렇듯, 친구와 동업을 했다고 가정하면 친구의 역할이 있고 동업자의 역할이 있을 것이다. 그 두

개의 역할을 완벽하게 분리할 수가 없어서 많은 관계가 삐걱거리지 않는가. 때로는 연인에게 가족의 역할을 기대하고 때로는 가족에게 연인의 역할을 기대하는 것도 마찬가지다.

한창 글을 쓰다가
어, 어, 불 줄여야 하는데.
어, 어, 아직 간 안 봤는데.

잠깐 주방으로 갔다가
다시 서재로 돌아가면서

어, 어, 원고 마감도 얼마 안 남았는데.
어, 어, 진짜 얼마 안 남았는데.

지금 이렇게나마 작업을 할 수 있는 이유는 글쓰기에 대한 가치관이 많이 바뀌었기 때문이 아닐까. 예전에는 세상에 없는 멋진 문장을 만들어 내는 것을 중요하게 생각했다면 지금은 그런 것에 그다지 관심이 없다. 물론 다시 취향이 바뀔 수도 있겠지만 지금은 얼마나 잘 읽히느냐에 더 초점을 둔다.

그렇게 생각을 바꾸게 된 건 인생의 바닥을 찍어보고 나서였다.

여기에서 더 내려갈 수 있을까 싶을 정도로 바닥을 찍자 예전에 멋있다고 생각했던 것들이 눈에 들어오지 않았던 것이다. 심지어 원래 좋다고 생각했던 노래도 귀에 들어오지 않았다. 소화가 안 되는 기분이랄까. 마치 지금 내 몸은 아파서 모든 장기의 능력이 떨어져 있는데 엄청 높은 열량의 음식을 소화해야 하는 기분이었다. 나에게 지금 필요한 건 부드러운 죽인데 말이다.

만약 이게 나이 들어가는 거라면 겸허히 인정할 수 있다.
이젠 편한 것이 좋다.

편안한데 지루하지 않은 것.
담백하지만 밋밋하지 않은 것.

이것도 생각보다 꽤 어렵다.

날씨

종일 비가 내리면
가끔 약속이 취소될 때가 있다.
다음에 만나자면서.

때로는 비가 오기 때문에
술 생각이 나서
갑자기 약속을 잡을 수 있다.

바람이 선선하니까 자전거 타자고 말하기도 했었고
공원을 좀 걷자고 말하기도 했었다.
눈이 내리면 창밖을 보라며 전화하기도 했었고
하늘이 좋을 땐 사진을 찍어 보내기도 했다.
안개가 가득 낀 날에는
어딘가로 도망치기 좋은 기분이 들었다.

날씨는 때때로
좋은 핑계가 되어준다.

이해

너를 너무 사랑해서
난 이제 헤어질 수도 있을 거 같아.
내가 이 말을 하게 될 줄은 몰랐고
내가 이 말을 이해하게 될 줄도 몰랐다.

양보

인터넷을 하다가 우연히 본 영상 속 부부는 다투고 있었다. 사람들의 사연을 보여주고 문제를 해결해주는 프로그램인 것 같았다. 여자는 말할 때마다 니, 니 거리는 남편에게 화를 내고 있었고 이유는 모르겠지만 남편은 아내에게 날이 선 말투로 계속 쏘아댔고 때로는 무시하는 발언을 서슴없이 하고는 했다.

짧은 영상이었기에 끝이 어떻게 났는지는 모르겠다.
어쩌면 실제 상황이 아니라 잘 짜인 이야기일지도 모르겠지만
그를 집중해서 봤던 건 주변에서 흔히 보이는 상황이기 때문이었다.

사랑이 오로지 행복만 가져다준다면 좋겠지만 그러지 않을

확률이 더 높다. 한쪽은 잘 이야기하고 한쪽은 잘 들어준다면 좋겠지만 때로는 서로 이야기하고 싶어하고 때로는 서로 말하고 싶지 않아 하는 사람끼리 사랑을 할 수도 있다. 어느 한쪽도 물러서지 않으면 상황은 최악이 될 수밖에 없다. 시간이 지날수록 누가 더 서로에게 상처를 주는가로 치달을 수밖에 없다. 나도 이만큼 상처받았으니 너도 이만큼 받아봐. 나도 이만큼 화났으니 너도 한번 느껴봐.

사랑하는 사이에서 이런 일이 일어나는 게 더 잔인한 이유는 서로가 서로를 어느 정도 이해하고 있기 때문에 어떻게 하면 그 사람이 아플지 누구보다 잘 안다는 것이다. 그러다 보면 누가 덜 상처받는가 누가 더 상처 주는가, 이 문제만 중요해진다.

다투거나 의견이 맞지 않을 때 합의점을 찾는 게 제일 좋은 방법이겠지만 사실은 그 합의점을 찾는 것조차도 어느 한 사람이 조금은 내려놓아야 가능한 거라고 생각한다. 둘 다 무기를 들고 서로 대치하고 있을 때 한쪽이 먼저 무기를 던지면 다른 쪽도 마음이 조금 누그러드는 것과 비슷하달까.

사랑하는 사람과 다툴 때, 누가 먼저 양보해야 이 문제가 해결될 시도조차 할 수 있을 것 같은데 마음대로 잘되지 않을 땐 눈을 감고 생각한다.

그래, 살다 보면 싸워야 할 때도 있고 자신의 의견을 굽히지 않아야 하는 순간도 있지만 그건 사랑하는 사람과 해야 하는 일은 아니라고. 자존심을 부리고 나를 더 우선으로 생각하는 건 집 안에서 그러는 게 아니라 집 밖에 있는 사람들 앞에서 해야 하는 거라고.

이 생각을 하면 한발 먼저 양보하는 게 조금은 수월해진다.

사랑의 유효기간

보통 뇌과학자들은 말한다.

사랑의 유효기간은 짧으면 6개월, 길어봐야 17개월이라고.

사랑에 빠지면 뇌에서는 도파민과 여러 호르몬을 강하게 뿜어낸다. 반대로 사랑에 빠지면 오히려 비활성화되는 뇌 영역도 있는데 그건 두려움, 위기 탐지 기능을 담당하는 부위와 상대의 의도를 파악하거나 예측하는 능력을 담당하는 부분이다.

다시 말하자면 사랑에 빠졌을 때 행복, 쾌감은 극대화되지만 올바른 판단을 할 수 없는 상태에 이른다는 것이다. 정상적인 상태가 아니다.

우리 몸, 특히 뇌 입장에서는 사랑에 빠진 지 얼마 안 된 상태가 계속 유지된다면 그를 이상 신호로 받아들일 것이다. 그래서 뇌는 일정 기간이 지나면 우리 몸을 정상화하려고 노력한다. 계속 호르몬이 강하게 나온다면 미쳐버릴 것이고 올바른 선택을 할 수 없을 테니까. 그러면서 자연스럽게 사랑의 유효기간이 생기는 것이다.

사랑하면 흔히 설렘, 두근거림, 행복, 기분 좋음, 핑크빛, 격렬함, 꽃, 키스 이런 단어를 떠올릴 것이다. 하지만 나는 이런 단어로 설명할 수 있는 사랑은 말 그대로 유효기간이 뚜렷한 사랑이라고 생각한다. 오히려 내가 생각하기에 사랑은 편안함, 나란히, 함께, 우산, 모닥불, 대화, 포옹, 집 이런 단어가 더 어울린다.

설렘을 중요하게 생각하는 사람이라 유효기간이 끝날 때마다 다른 사랑을 찾아 나선다면 그것도 자신의 선택이니 이견을 제시할 수 없다. 하지만 진짜 사랑은 유효기간이 끝났을 때부터 시작될지도 모른다. 그전까지는 내 노력도 노력이겠지만 이미 호르몬이나 내 몸이 충분히 사랑을 도와주고 있으니 말이다. 그런 것들이 없어지는 순간, 그 순간부터 시작되는 게 어쩌면 진짜 사랑 아닐까.

그래서 나는 사랑에 있어서 성실함과 의리가 생각보다 중요하다고 생각한다. 사랑은 감정이 하는 일이고 호르몬이 하는 일이라고 생각하는 사람도 많지만 그건 명확한 기간이 정해져 있기 때문이다. 매일 연락하면서 서로의 일상을 공유하고 때때로 다툴 때면 최선을 다해서 화해해야 하고 시간을 내어 데이트를 해야 한다. 나 자신 하나 돌보기 힘든 세상에서 상대방의 마음을 헤아려야 하고 상대방의 하루를 궁금해해야 한다. 마치 집 안에 있는 화분을 가꾸듯 성실해야만 할 수 있는 게 사랑이다.

자신의 삶을 잘 영위하고 있는 사람이 매력적으로 보이는 이유도 그런 게 아닐까. 자신의 삶을 잘 영위하고 있다는 건 성실하다는 것이고 기본적으로 성실하고 모든 것에 최선을 다하는 사람은 사랑에 있어서도 그럴 확률이 높으니까.

의리는 사람으로서 마땅히 지켜야 할 도리를 뜻한다. 혹은 사람과의 관계에서 지켜야 할 바른 도리를 뜻한다. 연애를 시작한 지 얼마 안 됐을 땐 정말 별도 달도 다 따다 주려고 할 것이다. 이미 호르몬이 최대치로 나오고 있는데 뭔들 못할까. 정말 그녀를 위해서라면 달리는 자동차도 손으로 막아 세울 수 있을 것 같은 기분일 것이다.

하지만 그것들이 다 사라지고 났을 때, 그러니까 이젠 설렘, 두근거림, 적당한 긴장, 쾌감, 이런 것들이 느껴지지 않을 때, 그때부터는 다른 곳에 자연스럽게 신경이 갈 수밖에 없다. 그 순간에도 여전히 상대방에게 집중하는 것. 그건 의리에 가깝다.

사랑은 생각보다 성실함과 의리가 중요한 영역이다.
일종의 약속이자 험한 세상을 함께 헤쳐 나가겠다고
서로 동맹을 맺은 것과 똑같기 때문에.

사랑에 대하여

남자와 여자는 친구가 될 수 있다 없다?

아마 이 문장만큼 모두를 뜨겁게 만드는 주제도 없을 것이다. 우선 내 대답부터 단호하게 해보자면

절대 없다.
절대 절대 없다.

어느 정도로 없다고 생각하냐면 지금 당장 광화문에 가서 혼자 1인 시위를 하면서 머리를 밀 수도 있다. 남자와 여자는 친구가 될 수 없다고 강력하게 외치면서. 누가 옆에서 될 수 있는데 왜 될 수 없다고 생각하냐고 물어본다면 뭐요, 가세요 저리. 이렇게 정색하며 이야기할 수 있을 정도로 생각을 바꾸고 싶은 의지조차 없다.

이 주제로 꽤 오랫동안 여러 사람과 대화를 나눠보고 자료도 찾아보면서 느낀 건 남자와 여자가 친구가 될 수 있다는 사람과 그럴 수 없다는 사람은 친구에 대한 정의 자체가 다르다는 거였다.

나 같은 사람은, 그래? 친구야? 그럼, 둘이 같이 샤워도 하고 한 침대에서 자야지. 친구라며? 반대로 친구가 될 수 있다고 생각하는 사람은 저런 식으로 친구의 정의를 내리지 않는다. 나는 어느 정도로 이 부분에 민감하냐면 만약 관계가 발전하고 있는데 남자와 여자는 친구가 될 수 있다고 생각하거나 남사친이 많은 사람이라면 관계를 정리한다.

아, 친구가 될 수 있다고 생각하시는구나. 남사친이 많으시구나.
그럼 그렇게 생각하시는 분 만나는 게 좋을 거 같은데.
저는 싫어요. 저는 제일 이해 안 되는 걸 연인이라는 이유만으로
이해하면서 괴로워지고 싶지 않아요.
남자와 여자가 친구가 될 수 있다고 생각하시는 분끼리 만나서
서로 남사친 여사친 만나고 하시면 될 거 같은데.
사랑 행복하려고 하는 거잖아요?

애초에 가장 예민한 부분에 대한 가치관이 안 맞으면 얼마나 불행할까요?

힘들어요. 괴로워요. 신경 쓰여서 아마 저는 미쳐버릴 거예요.

물론 이 말은 마음속으로만 품겠지만.

처음부터 이렇게 완강하게 생각했던 건 아니다. 예전에 만났던 사람이 그렇게 친구, 친구라고 노래 부르던 사람과 결혼해서 그런 것도 아니다. 아닌가? 상처의 세습인가? 아무튼 이렇게 완강해진 가장 큰 이유는 사랑에 대한 가치관이 바뀌었기 때문이다.

어린 시절에는 맞지 않는 부분이 많더라도 좋은 점 한두 가지만 있으면 사랑이 시작됐다. 어쩌면 그 사람의 장점을 명확히 찾지 못하더라도 감정적으로 많이 좋으면 사랑을 시작하고는 했었다. 그렇게 시작할 수 있었던 이유는 내가 상대방을 바꿀 수 있을 거라고 생각했기 때문이다. 맞지 않는 부분은 맞춰가면 되고 그 과정에서 남사친 여사친 같은 문제 역시 상대방의 생각을 바꿀 수 있을 거라고 생각했다. 하지만 어디 사람이 그렇게 쉽게 바뀌겠는가. 하물며 누가 누굴 바꾸고 그럴 권리가 있는가. 나만 하더라도 그렇다. 아침에 일찍 일어나겠다고 몇 년이나 다짐했는데 여전히 '아침에 일찍 일어나기'는 매번 나의 새해 소원으로 등장한다. 사람은 정말 쉽게 안 바뀐다. 특히 가치관 같은 건 천천히 형성되기 때문에 아주 어린 시절로 돌아가지 않는 이상 더 바꾸기가 어렵다.

지금은 내가 누군가를 바꾸겠다는 생각 자체를 하지 않는다. 최대한 이해하고 존중하려고 노력할 뿐이지. 사랑에 대한 가치관은 나이가 들수록 확실히 바뀌는 것 같다. 예전에 생각하는 사랑은 정말 불 같은 사랑이었다. 함께하면 정신을 못 차려서 일도 하지 않고 모든 걸 다 내팽개치고는 서로에게만 미쳐 있는 그런 것. 사랑한다는 이유로 서로가 서로의 삶에 너무 많이 개입하고 참여하고 때로는 통제하려고 하는 그런 것. 하지만 그런 사랑은 그렇게 오래가지 못한다는 걸 깨달았기 때문일까. 아니면 사람은 바뀔 수 없는 자기만의 고유한 영역이 있다는 걸 깨달았기 때문일까.

요즘은 일을 내팽개치는 게 아니라 어떻게 하면 일을 잘 마친 후 사랑하는 사람과 좋은 시간을 보낼지를 고민한다. 내가 그 사람을 바꾸려고 하기보다는 왜 그렇게 생각하느냐고 물어보는 일이 더 많아지기 시작했다. 한때는 누가 누군가를 업고 걷거나 아니면 서로 꽉 껴안은 채 불편하게 걷는 게 사랑처럼 느껴졌다면 지금은 두 손 꼭 잡고 앞에도 봤다가 옆에도 봤다가 서로 눈도 마주치기도 하면서 걷는 게 사랑처럼 느껴진다. 잔잔하고 따뜻한 사랑이 더 좋다. 요즘은.

괜찮은 삶

집으로 들어가긴 싫고 그렇다고
딱히 어디 갈만한 곳은 없을 때
누군가를 만나고 싶은데 마음은 많이 쓰고 싶지 않을 때
사는 게 시끄러워서 한 사람하고만 있고 싶을 때
그럴 때 떠오르는 얼굴이 있다는 거
아무 생각 없이 쓸모없는 말을 주고받고
아무런 이유 없이 전화 걸어서
술 한잔하게 나오라는 말을 할 수 있는 것
그런 사람이 있다는 거

그거 제법 괜찮은 삶이라는 생각이 들었다.

우산

파주에 있는 음악 감상실에 다녀왔어. 평일 저녁 늦은 시간에 날씨도 흐렸기에 돌아오는 길에는 자동차가 거의 없었지. 강변북로를 하염없이 달리는데 저 멀리 있는 가로등이 깜빡거리는 거야. 엄청 빠른 속도로 말이야. 다행인 건 하나만 깜빡이는 게 아니라 세 개가 동시에 그러고 있었어.

왜 다행이라는 말을 썼느냐면.
만약 가로등이 하나만 깜빡이고 있었다면 사람들은 이렇게 생각했을 거거든.
저 가로등 이상하다.

근데 세 개가 동시에 고장 나잖아? 그럼 가로등의 문제라고 생각하지 않고 근처에 있는 전선이 잘못됐다고 생각할 거야. 사는 게 그래. 혼자 그러면 이상해 보이는데 같이 그러면 좀 괜찮아 보인단 말이지.

그럴 때 있잖아. 갑자기 비가 내리는데 우산이 없는 거야. 버스 정류장이나 지하철역 입구에서 고민하는 거지. 그냥 뛸까? 비를 맞을까? 그런 고민을 하고 있는데 나 빼고 모두 다 우산을 쓰고 있으면 고민이 더 깊어져. 그때 누군가가 빗속을 우산 없이 뛰잖아? 그럼 나도 따라 뛰게 된다? 비 맞는 일이 이상하게 보이지 않거든. 가로등 세 개가 같이 고장 나니까 고장 난 것처럼 안 보이듯 말이야.

네가 우산이 없을 때, 우산을 들고 데리러 가는 것도 좋지만 가끔은 나도 우산 없이 같이 걸을게.
네가 울면 옆에서 같이 울어 줄게.
네가 힘들 때 옆에서 같이 힘들어해 줄게.

모든 일이 괜찮아질 수 있도록.

연기 학원 이야기 1

"이대로는 안 되겠다고 생각했다."

전날 마신 술이 저녁까지 깨지 않아서 종일 침대에 누워있었다. 밖은 완벽한 밤이 됐는데 몸을 움직일 수가 없었다. 시름시름 앓으며 왜 이렇게 며칠 연속으로 술을 마시고 있는가에 대해 생각해봤다. 딱히 어떤 문제가 있는 것도 아니었다. 일상은 언제나처럼 반복됐고 별일은 없었고 다만 해야 할 일만이 있었고 가고 싶은 곳도 만나야 할 사람도 모든 게 다 그대로였다. 이 세상에 없지만 보고 싶은 사람을 숙취 핑계 삼아 그리워하다가 깨달았다. 내 삶의 목표가 없다는 것을.

이거 해봐야겠다, 이렇게 살아야겠다 수많은 다짐을 하면서 지냈는데 어느 순간 그런 게 없어졌다. 더는 좋은 글을 쓰고 싶다는 생각도 들지 않고 갑자기 엄청난 부자가 되거나 엄청 가난해진다고 해서 기쁘거나 슬플 것 같지도 않았다. 그동안 너무 많은 선택을 내리면서 살았나. 그동안 너무 많은 다짐을 하면서 살았나. 그렇게 왜 이러지라는 생각을 반복하다 문득 연기 학원이 떠오른 것이다.

연기 학원에 가면 최소한 내가 연습해야 할 배역이 있지 않을까? 어차피 살고 싶은 모습도 없는데 학원에서 나한테 캐릭터를 부여해주면 그대로 사는 것도 나쁘지 않을 것 같다는 생각이 들었다. 몸도 제대로 가누지 못하면서 휴대폰을 들고 검색어를 입력했다.

"성인 연기 학원"

괜찮은 곳 몇 개를 선별해 전화번호를 적어두고 방문 상담을 잡았다. 한 번에 세 곳에서 상담받고 그중에서 제일 괜찮아 보이는 곳에 수강 신청을 했다. 지금은 들어갈 수 있는 반이 없어서 늦봄에 신청한 수업은 한여름에 시작됐다. 다른 사람들 앞에 서면 귀부터 빨개지는 사람이, 부끄럽다고 사진 하나 제대로 찍지 않는 내가 과연 잘할 수 있을까 하는 고민은 의외로 들지 않았다. 내게 필요한 건 아무것도 없는 나에게 비록 연기일지라도 이렇게 살아라, 하는 그런 배역이 주어지는 것이었으니까.

그렇게 시작한 연기 학원을 6개월째 다니고 있다. 초급반에서 중급반으로 승급도 했다. 그동안 행복해졌냐고 물으면 꼭 그렇지는 않다. 배역을 받아서 인생의 목표가 생기고 재밌어졌냐고 물어본다면 그것도 아니다. 그저 화술을 배우고 발성을 배우고 연기란 무엇인지를 고민했다. 내가 제일 어려워하는 카메라 앞에 서는 건 생각보다 많은 용기가 필요했다. 일주일에 한 번이지만 집에서 정반대 방향인 신논현까지 가서 3시간씩 수업을 듣는다는 것도 결코 쉬운 일이 아니었다. 그런데도 정말 좋았던 건 대부분 전공자에 엔터테인먼트 교육생에, 연기를 직업으로 삼고 싶은 사람들 사이에서 '저는 그냥 한번 배워보고 싶어서 취미로 왔다'고 당당히 말하는 내 모습이었다. 무슨 일이 있어도 수업은 안 빠지려고 최선을 다하는 모습, 어쩌면 고민하느라 늦어질 수도 있었는데 상담을 받자마자 별 고민하지 않고 바로 시작하는 내 모습이었다.

아, 나 아직도 배우고 싶은 게 있구나.

그래 너 원래 배우는 거 좋아했었지.

뭔가 시작할 때 많이 고민 안 하고 잘 시작하는 편이었지.

부끄러움은 많지만 두려움은 없는 사람이었지.

그런 생각이 조금씩 들기 시작하자 연기 학원에 온 내 의도와 실력, 재능과는 상관없이 내가 조금 더 좋아지기 시작하는 것이다. 괴로워서 한 달 가까이 술을 마셨고 그렇게 숙취를 앓다가 연기학원이 떠올랐다. 만약 내가 그때 그렇게 괴로워하지 않았다면 연기 학원에 올 수 있었을까? 이곳을 드나들고 나서부터는 내가 제법 사랑스러워 보인다.

평범함

그런 게 좋더라. 퇴근하고 한잔하러 가는데
길이 너무 많이 막히는 거.
주차장에 갔는데 주차장에도 차가 많은 거.
엘리베이터를 탔는데 사람이 다 못 탈 정도로 사람이 많은 거.
겨우 도착한 술집에도 사람이 너무 많아서
한참을 기다려야 하는 거.

뭔가 내가 사람들과 비슷하게 살고 있는 것처럼
느껴지는 그런 순간.

분위기

여전히 이해가 잘 안되는 건 학원 같은 곳에 등록할 때 직업을 적는 칸이 왜 있느냐는 것이다.

나이, 사는 곳, 이름처럼 그냥 궁금해서 물어보는 기본 정보에 해당하는 걸까. 글을 쓰면서 알게 된 모든 관계를 제외하고는 별로 글 쓴다는 말을 안 하고 싶기에 매번 직장인이라고 적고는 했다. 글 쓴다고 하면 그것과 관련해서 이야기가 깊어지는 게 부담스러웠기 때문이다. 흔히 글 쓰는 사람에 대해서 생각하는 그런 이미지를 내가 충족시켜줄 자신도 없고.

연기 학원에 갔을 때도 어김없이 직장인이라고 적었다. 6개월을 다니면서 반이 세 번 바뀌었는데 첫 번째도 그리고 두 번째도 별다른 교류가 없었기 때문에 잘 넘어갈 수 있었다. 하지만 중급반으로 승급하고 났을 때 세 번째 반은 수업 시작하기 전에 한 시간씩 먼저 모여서 연습하는 문화가 있었다. 그리고 선생님의 의도로 수업을 하는 모든 사람은 반말을 해야 했다. 나이를 밝히고 형이나 누나라고 부르면서 친근하게 반말을 하는 그런 분위기를 조성하는 것만으로도 생각보다 가까워지는데 그게 실력 향상에 더 도움이 된다는 이유에서였다. 평소처럼 한 시간 일찍 모여서 2인극 연습을 하고 있는데 갑자기 동생 한 명이 이러는 것이다.

"형, 오늘 되게 소설가 같다."

응? 내가?

"응. 시나 글 되게 잘 쓸 거 같은데? 작가 같아."

그래? 면도를 안 해서 그런가 보네. 하하하하하하하.

어찌나 땀이 나던지. 학원 갈 때 그동안 너무 편하게 갔나. 새 옷을 입고 갔던 것도 아니고 일정이 있긴 했지만 원래 입던 자켓에 원래 입던 바지에 원래 신던 구두였는데 갑자기 그런 이야기를 하는 것이다. 예전에 다니던 성인 취미 피아노 학원에서도 직업 칸에 직장인이라고 적었는데 선생님께서 갑자기 레슨을 하다가 나보고 도자기를 만들거나 글 쓸 거 같게 생겼다고 해서 그때도 둘러대느라 바빴던 기억이 있다.

창작자가 되겠다고 결심하고 살아온 지 벌써 14년이나 지났다. 중간에 다른 길로 가보기도 하고 지금도 글만 쓰는 건 아니고 여러 일을 하지만 언제나 중심엔 창작이 있었다. 그래서 그런 걸까. 이제는 옷 입는 거나 말하는 거나 얼굴에 숨길 수 없을 정도로 제법 티가 나나 보다. 그래, 14년이면 그럴 만도 하지.

흔히 관상은 과학이라는 말을 한다. 나도 조금은 믿는 편이지만 관상은 그냥 관상일 뿐이라는 학술적인 의견도 많기 때문에 무엇이 옳은지 그른지를 판가름하고 싶지는 않다. 다만 확실한 건 얼굴뿐만 아니라 그 사람이 입는 옷, 말투, 행동 습관들이 시간이 지날수록 겉모습에 새겨진다는 것이다. 어릴 땐 티가 나지 않지만 나이가 들수록 점점 더 쌓이고 쌓여서 그 사람만의 어떤 분위기를 형성하고는 한다. 내가 만나는 사람, 내가 뿌리는 향수, 내가 입는 옷, 내가 즐겨봤던 영화, 내가 사람들을 대했던 태도, 내가 삶에 임하는 자세, 이런 물질적인 것이나 정신적인 것들이 점점 나이테처럼 나에게 새겨져 사람들에게 일종의 정보 역할을 하는 것.

어느정도 어떤 일을 오래한 사람을 만났을 때 처음엔 몰랐다가 나중에 직업을 듣고 나면 오, 그러실 거 같았어요. 잘 어울려요, 라는 말이 나오는 것도 그런 것 때문이 아닐까 싶다. 그래서 이왕이면 화가 날 것 같은 상황에서도 최대한 화를 안 내고 조용하게 이야기하고 싶다. 누구를 만나든 최대한 깔끔하게 가고 아무리 바빠도 가끔은 내가 좋아하는 향수를 뿌리고 싶다. 내가 행한 어떤 선함이 나중에 상처가 되어 돌아올지라도 계속 나누고 그러면서 살고 싶다. 지금 내가 내린 선택. 지금 내가 먹고 마시는 거, 지금 내가 만나는 사람, 내가 한 행동들이 나중에 다 나한테 어떤 분위기로 자리 잡을 테니까.

누군가를 위해서 하는 게 아니다.
더 좋은 선택을 내리고 더 좋은 것을 먹고 마시고
더 좋은 사람을 만나고 더 좋은 행동을 하는 건 나 자신을 위해서다.
지금의 내 자신이 아니라 언젠가 만나게 될 미래의 나를 위해서.

우연 같지만 우연이 아닌

어떤 책을 보고 헤어질 결심을 하고
어떤 노래를 듣고 살아갈 힘을 얻고
어떤 친구를 만나 구원받고
어떤 여행에서 고민의 답을 얻기도 하고
어떤 동료를 만나 함께 나아갈 힘을 얻고
어떤 사람을 만나 사랑이 하고 싶어지고
어떤 모습을 보고 꿈이 생기기도 한다.
사람이나 물건, 어떤 상황이
마치 선물처럼 다가올 때가 있다.

비 오는 거리

만나서 조금만 마시자고 약속해놓고는 항상 취해버린다. 친구들과의 술자리는 늘 그런 식이다. 지금까지 잘 지내는 친구들은 보통 입맛, 주량 모든 게 다 비슷하다. 심지어 술을 마시는 속도조차도. 다들 퇴근은 늦은데 다음날 일찍 나가야 하는 편이라 술 마시는 속도가 빠르다. 그럼 빨리 먹고 적당히 취해서 들어가면 되는데 항상 문제는 어느 정도 취기가 오르면 그때부터 조절이 어렵다는 것이다. 내가 술을 마시는 게 아니라 술이 나를 마시기 시작한다.

그날도 어김없이 취했다. 심지어 술을 마시는 중에 비까지 내리는 바람에 어쩔 수가 없었다. 분위기가 좀 좋아야지. 적당히 마시고 들어가려고 만났던 건데 늦게까지 만나서 많이 마시는 바람에 근처 술집이 다 닫아버렸다. 작업실에서 간단

하게 맥주 한 잔 더 하고 들어가려고 작업실 쪽으로 걸어가고 있었다. 비 오는 거리를 나보다 조금 먼저 걷는 친구를 뒤에서 바라보는데 그런 생각이 드는 것이다.

오래됐다.
얘랑 이렇게 같이 술 먹고 비틀거린 것도.

천천히 친구를 따라 걸으면서 생각했다. 그동안 정말 많은 사람이 내 곁을 스쳐 지나갔다. 나도 누군가를 떠나왔다. 함께하는 동안 정말 별의별 일이 다 있었다. 하지만 이 친구만큼은 처음부터 지금까지 늘 똑같았다. 많은 관계가 시작됐다가 사라지지만 이 친구랑은 평생 함께하지 않을까. 어떤 사람은 잠깐 머물지만 어떤 사람은 평생 함께하기도 할 것이다. 그렇다면 그 차이점은 무엇일까?

대부분 누군가와 가까워질 때 그 사람과 사이가 깊어지면 깊어질수록 서로의 아픔을 공유하게 된다. 가족사, 그동안 말하지 못했던 속 이야기를 꺼내놓게 된다. 그렇게 자신의 마음 안쪽에 있는 이야기를 꺼냈을 때 사이가 더 돈독해지면 좋겠지만 가끔 어떤 사람 어떤 관계는 그 모습을 약점이나 흉처럼 여길 때가 있다. 용기 있게 상처를 꺼내놓았는데 그게 다시 상처가 돼서 돌아오는 순간.

평생 함께할 수 있는 친구는 내가 가장 행복했을 때의 모습과 내가 가장 불행했을 때의 모습을 모두 다 알고 있는 사람이 아닐까 싶었다. 그리고 내가 가장 불행했을 때 혹은 나한테 일어난 가장 아픈 이야기를 누구보다 자세히 알고 있지만 그게 약점이나 흉이 되지 않는 사람 말이다. 그런 사람이 내 곁에 있다는 거만큼 든든한 일도 없다.

청춘

때로는 작은 것에 무척 흔들린다면.
때로는 작은 것에 무척 기쁘다면.
이렇게 괴로운 일인가 하면서
어떤 일로 오랫동안 괴롭기도 할 거고
이렇게 기쁜 일인가 하면서
어떤 일로 말할 수 없이 기쁘기도 할 거야.
네가 이상한 거라고 생각하지 마.

작은 일에 기뻤다가 슬픈 거.
기대했다가 실망했다가 다시 또 기대하고 그러는 거.
그건 네가 살아있다는 증거니까.

여전히 청춘이란 뜻이니까.

물 한 컵

이상하게 세상이 별로처럼 느껴질 때가 있다.
날씨도 좋고 딱히 무슨 일이 있는 건 아닌데
어딘가 슬프고 어딘가 우울하고 어딘가 답답한 느낌.
웃긴 건 그럴 때 다른 사람들을 바라보면
하나같이 다 행복한 것처럼 보인다는 것이다.
나만 이방인이 된 것 같다.

이름도 나이도 직업도 모르는 사람들을
멍하니 바라보다 의문이 들었다.
정말 저들은 행복할까? 아무 걱정도 답답함도 없을까?
내가 행복하지 않으니 저 사람들은
행복할 거라고 생각하는 게 아닐까?
깨끗한 안경으로 세상을 선명하게 보려면
절대 바깥쪽만 닦아서는 안 된다.
아무리 열심히 겉을 닦아도 안쪽을 닦지 않으면
여전히 얼룩이 있을 것이다.

 사람의 마음속에
물 한 컵이 있다고 생각한다.
학교나 직장을 다니고 공부하거나
사회생활을 하면서 스트레스도 받고
고민도 걱정도 많이 하다 보면
물이 점점 탁해지기 시작한다.
그러다 완벽히 탁해지면
사람이 부정적으로 변한다.
작은 일에도 짜증이 나거나
아무것도 하기 싫을 만큼 무기력할 수 있다.

 물 한 컵이 완전히 탁해지지 않게

정화제를 조금씩 넣어줘야 하는데
가장 좋은 정화제는
내가 나에게 적절한 보상을 주는 것이다.
오늘은 고생했으니 맛있는 음식에
와인 한잔해야지.
그렇게 걱정했으니 아무런 긴장도 없이
편안하게 드라마를 봐야지.
고생했던 만큼 내가 나에게
적절한 보상을 해주면 내 마음이 완전히
어두워지는 일은 막을 수 있다.

계절

벌써 계절이 바뀌다니
사랑하고 있는 사람에게
삶은 너무 짧다

연기 학원 이야기 2

"이걸 내가 왜 생각 못 했지?"

연기 학원을 다닌 지 한 달이 됐을 때 들었던 생각이다. 내가 다니던 학원은 직업으로 배우가 되고 싶어서 찾아오는 사람이 대부분이다. 게다가 연기라는 건 화면으로 자기 자신을 보여주는 일이기 때문에 카메라와 멀어지려야 멀어질 수가 없는 영역이다. 아니나 다를까 한 달이 지나자 그때부터 수업 시간에 카메라가 등장하기 시작했다. 독백이든 2인극이든 연기를 할 때 선생님은 항상 촬영을 하셨고 수업이 끝나면 각자 모니터해보라면서 영상을 보내주고는 했다.

처음 카메라가 등장했을 때, 내가 왜 이 생각을 못했을까 싶었다. 사진 찍는 걸 죽도록 싫어해서 그렇게 사진 한 장 안 찍는 사람이 왜 연기 학원에서 촬영할 거라는 생각은 하지 못

했을까? 인제 와서 하는 말이지만, 나는 그 이후로도 3개월이 넘는 시간 동안 내 영상을 본 적이 없다. 감사하다는 말만 뱉고 한 번도 재생을 시켜본 적이 없다. 부끄러웠기 때문이다.

문제는 중급반으로 승급을 하고 나서부터였다. 초급에서 중급으로 한 단계 올라갔을 뿐인데 어쩌다가 잘못 걸린 건지 반 아이들의 수준이 너무 높은 것이다. 연기 실력뿐만 아니라 태도까지 달랐다.

저는 취미로 왔는데요?

혼자 이렇게 말하면서 반 분위기를 해칠 수는 없기에 나도 자연스럽게 그들의 속도에 발을 맞추게 됐다. 그러다가 이제는 내 연기 영상을 보지 않고서는 진도가 나갈 수 없는 상황까지 닿아버린 것.

처음 내가 연기하는 영상을 봤을 땐 처참했다. 실력이고 뭐고를 떠나서 눈 깜빡임 하나까지 저렇게 크게 보이는 줄은 몰랐다. 평생 사진 찍히는 걸 싫어하고 살았으니 안 그래도 연기 잘 못하는 애가 엎친 데 덮친 격으로 완전히 굳은 상태로 서 있었다. 점점 카메라 앞에 서는 일은 많아지고 나는 그게 너무너무 싫고 어색하고. 뭔가를 결심하고 실행해야 하는 순간이었다.

내가 내린 특단의 조치는 집의 모든 곳에 카메라를 설치하는 거였다. 예전에 산 카메라, 고장 난 휴대폰 공기계까지 렌즈가 있는 물건은 모두 다 꺼냈다. 실제 촬영 버튼을 누르지 않더라도 거실, 방, 서재, 복도 모든 곳에다가 카메라를 설치하고 내가 뭘 하든 렌즈가 나를 바라보고 있게끔 해두었다. 처음엔 숨이 턱턱 막혔다. 자다가 놀라서 일어난 적도 있었고 거실에서 물을 마시다 렌즈와 눈이 마주쳤을 땐 그만 물을 뿜어버렸다.

과연 내가 극복할 수 있을까?

하지만 정말 놀랍게도, 시간이 얼마나 흘렀는지도 알 수 없게 흘러버리자 카메라가 날 쳐다보고 있어도 잠을 잘 잤고 아무렇지도 않게 물을 마실 수 있게 됐다. 그 뒤로는 그냥 연기하는 거 자체가 어려웠을 뿐이지 카메라가 나를 빤히 쳐다보는 것으로부터는 조금 자유로워질 수 있었다. 게다가 평생 죽도록 하기 싫어했던 일을 이겨낸 기분까지 얻으면서 카메라 공포증은 어느 정도 마무리가 됐다. 물론 학원을 그만두면 다시 생길지도 모르겠지만 지금은 괜찮다.

20대 때는 티가 난다. 세상을 많이 돌아다니고 뭔가를 경험하고 뭔가를 많이 배운 사람과 그렇지 않은 사람은 20대 후반으로 접어들수록 극명한 차이가 난다. 10만큼 노력했는데 10만큼의 보상이 주어지지 않더라도 일단 10만큼 노력한 사람과 그렇지 않은 사람의 차이가 극명하게 나기 시작한다. 그렇게 30대가 되면 이제 그때부터는 자기 자신이 살아온 삶의 습관이나 흐름, 방향 등을 그대로 고수하려는 성격이 더 굳어지기 시작한다.

자기가 좋아하는 것만 하고 자기가 잘하는 것만 하고 자기가 하기 편한 것만 하는 것이다. 요즘 하기 싫은 것을 제일 먼저 하고 하기 싫은 걸 정말 이 악물고 하는 이유도 그런 이유 때문이다.

만약 내가 죽었을 때 신이 나한테 이게 네 인생을 요약한 책이라면서 한 권의 책을 준다면 지금까지 내가 살아온 삶이 그대로 쓰여 있을 것 같다. 하지만 갑자기 다른 책을 한 권 주면서 이렇게 말하는 것이다.

너 이렇게 살 수도 있었어.

아마 내가 원하는 삶의 모습이 담긴 책은 두 번째 책이 아닐까 한다. 지금처럼 나 좋은 것만 하고 내가 살아온 삶의 방식으로만 살면 첫 번째 책에 쓰여 있는 그대로 살고 있을 것 같다. 그럼 두 번째 책으로 넘어가기 위해서 뭐가 필요할까, 를 고민하다가 떠오른 건 죽도록 하기 싫어하는 걸 최선을 다해서 해보는 거였다. 모르겠다. 이게 나한테 어떤 결과를 가져다줄지는. 하지만 기분이 제법 괜찮다. 내가 이겨낼 수 없을 거라고 생각했던 걸 이겨냈을 때 오는 그 자신감. 그게 카메라가 나를 빤히 쳐다보는 걸지라도, 그로부터 얻은 작은 승리는 다음번에 나타날 어떤 장애물 앞에서도 뛰어넘을 수 있을 용기를 줄 테니까.

나는 지금과 다른 삶을 원한다.
그러니 앞으로도 하기 싫은 걸 찾아서 억지로 해볼 생각이다.

쓸모없는 농담

모든 게 연극이었으면 좋겠는 밤
극장 문을 열고 나오면

행복까진 바라지도 않더라도
평범하고 고요한 삶이었으면 하는 밤

샤워를 오래 해도 기분은 그대로고
부정적인 생각이 너를 휩쓸어버린 날
난 너에게 쓸모없는 농담을 할 거야

너를 데리고 멀리 떠날 거야

너를 웃기고 너를 진정시키고
너를 껴안을 거야

난 네 편이니까 정말 네 편이니까

웃음

일 년만에 너에게서 온 연락은 부고 문자였다.

할아버지께서 돌아가셨다는 연락을 받으며 마음이 아팠던
건 그날이 명절 하루 전날이기 때문이었다. 명절 당일에 아버
지를 뵈러 납골당에 갔다가 네게로 향했다. 장례식장은 명절
당일이라 그런지 한산했고 너는 언제나 그랬던 것처럼 반갑
게 나를 맞이해주었다.

이제 이 동네에 살지도 않는 놈이 멀리서 뭐 하러 왔냐는
너의 말에, 나 명절 음식 좋아하잖아, 전 먹으러 왔다는 말로
받아쳤다. 할아버님께 인사를 올리고 너와 마주 앉아 밥을 먹
었다. 너는 학창 시절부터 이어진 20대 중반까지의 기억이 세
상에서 가장 소중하다는 듯이 모든 걸 다 기억하고 있었다.
그래 너는 그런 사람이었다. 정말 모든 걸 다 기억하는 사람.

스무 살 우리가 같은 피시방에서 아르바이트를 할 때 너는 야간에 일을 했고 나는 아침부터 저녁까지 일했다. 너는 일주일에 5일을 일했지만 나는 일주일에 7일을 일했다. 아마 너는 기억할 것이다. 그때 우리의 명절을. 너는 밤새워 아침까지 일하고 집으로 돌아가 잠깐 자고 저녁에 다시 우리가 일하는 곳으로 왔다. 손에는 갈비찜이나 전 같은 음식을 가득 싸 들고 말이다. 나는 너와 컴퓨터 앞에 앉아 어머님께서 만들어주신 음식을 먹을 때야 비로소 그날이 정말 명절처럼 느껴졌다. 그리고 너는 이틀 쉬는 날이 있을 때 내가 일 끝날 때까지 기다렸다가 나에게 맥주를 사주고는 했다. 우린 똑같은 아르바이트생이었다. 다른 게 하나 있다면 환경이 달랐다는 것밖에 없다. 나는 아픈 아버지를 모시고 있었고 집에 월세를 보태야 했고 내 앞가림을 혼자 해야 했다. 너는 유복한 집안에서 태어나 건강하신 부모님 밑에서 돈 걱정 한 번 해보지 않고 자란 사람이었다. 그렇다고 한들 그렇게 시간을 쓰고 마음을 쓰고 돈을 쓰는 게 절대 쉽지 않은 일이었을 텐데 너는 왜 그렇게 나에게 잘해줬던 걸까?

그날이 기억난다. 아버지 병원비를 대신 납부하고 우리 집 월세를 내가 전부 감당하고도 작은 중고차 하나를 탈 수 있을 만큼 여유가 생겼을 때 우리가 술 마시던 날을. 먹고 싶은 거 마음껏 먹으라는 나의 말에 너는 네 덩치답게 정말 술을 거하게 마셨었다. 앞으로 나 만날 땐 지갑 가져오지 말라고 예전에 맛있는 거 사줘서 고마웠다고 말했을 때 너는 웃었다. 팔짱을 끼고 고개를 느리게 끄덕이며 옅은 웃음을 짓던 네 얼굴이 지금도 선명하게 생각난다.

도대체 너는 나한테 왜 그렇게 잘해줬던 걸까?
어쩌면 나는 잘해준 게 하나도 없는데
이유 없이 나에게 잘해주는 사람을
친구라고 부르는 건지도 모르겠다.

참 많이도 빚지고 살았다.

기억

일요일에 갈 곳이 있어.

-어딘데?

콘서트장.
그때 그 가수 내한 공연 오는 거 보고 싶다고 했잖아.

토요일에 갈 곳이 있어.

-어딘데?

바다. 언젠가 편지에 썼잖아.
같이 기차 타고 바다 가보고 싶다고.
난 읽을 책이 있어서 기차에서 그 책 좀 보려구.

나는 내가 어제 뭘 먹었는지는 기억 못 해도
이런 건 다 기억한다.

시작과 끝

사랑을 시작하면
마치 새로운 세계가 열리는 기분이다.
나도 몰랐던 나를 조금씩 알아가게 되고
내 옆에 있는 사람은 운명의 상대처럼 느껴진다.
우리의 사랑은 세상에 존재하는
가장 고유한 사랑이며
어쩌면 우리 두 사람은 서로를 만나기 위해서
태어났을지도 모른다는 생각마저 든다.

하지만 삶의 대부분이 그러하듯
시작보다는 끝이 되어봐야 진가를 알 수 있다.
얼마나 서로 사랑했었는지
또 얼마나 서로 부질없었는지
누가 외로운 사람이었으며
누가 누굴 더 사랑하고 덜 사랑했는지
그 모든 것은 끝이 나 봐야 알 수 있는 것이다.

 사랑에 빠진 사람들은 절대 느낄 수 없는
사랑이 끝났을 때만 느껴지는 그 비릿한 진실.

진정한 사랑

그녀가 나에게 헤어지자고 했을 때 간절하게 붙잡지 않았다. 미안하지 않은 건 아니었다. 사랑하지 않은 것도 아니었다. 무척이나 사랑했다.

그녀는 이미 나한테 머리끝까지 화가 나 있었는데 하필 그때 그동안 그녀를 위해 내가 참아온 것들을 떠올리면서 상황이 최악으로 치달았다. 미안하다고 말해야 하는 상황이었는데 그 말이 안 튀어나왔다. 그녀는 다음번에 누군가를 만날 땐 정리 잘하라고, 안 그러면 자신처럼 상처받을 거라는 말을 끝으로 현관을 열고 나갔다.

시간은 상대적이다. 보통 연인들이 일주일에 한 번씩 만난다고 가정하면 한 달이면 네 번, 일 년을 함께해도 같이 있는 시간이 오십일이 채 넘지 않는다. 우리는 거의 매일 만났다. 어떤 날은 일도 안 하고 종일 붙어있기만 했다. 사랑한 기간이 길지 않았지만 우리는 보통 연인이 몇 년에 걸쳐서 만나야 채웠을 횟수를 단기간에 넘겼다. 연애 초반 매일 술을 마시며 이야기 나눈 덕분에 그래도 그녀에 대해서 조금 더 알 수 있었고 연인이 되기 전에 알고 지내는 동안 알게 모르게 수집한 정보들까지 있었으니 나는 그녀와 최소 6, 7년은 사랑한 것 같았다.

같이 밥을 해 먹고 같이 게임을 하고 같이 일을 하고 같이 수다를 떨고 같이 술을 마시고 같이 계획하고 같이 웃고 같이 사랑을 나누던 집에, 나 혼자 남았다.

기억이 잘 나지 않는다. 현관에 그대로 주저앉아서 얼마나 있었는지. 서재에 들어가 하던 일을 마저 끝냈는지. 울었는지. 웃었는지. 몸에 모든 수분이 다 빠져나간 것 같아서 이 말만 반복했다. 아 맞다, 사랑 어려웠지. 아 맞다, 이별 이렇게 아픈 거였지.

인간은 비겁하다. 인간은 나약하다. 인간은 뻔하다. 인간은 변하지 않는다. 헤어지고 이틀 동안 단 한숨 자지 않고 살았다. 밥도 먹지 않고 커피만 마시면서 일을 했다. 집으로 돌아오면 갑자기 현관문을 열고 들어와 나에게 화를 내던 그녀가 서 있었다. 소주를 꺼내러 냉장고로 향하면 주방에서 요리하는 나를 빤히 바라보던 그녀가 앉아있었다. 티브이를 틀어준다고 해도 나를 보는 게 더 재밌다면서 나를 빤히 보고 있었다. 침실에는 일하러 서재에 들어간 나를 기다리던 그녀가 누워있었다.

그 모든 것이 괴로워서 여관에서 며칠 지낼까 했지만 한번 끝까지 마주해보고 싶어서 아무도 만나지 않고 혼자 집에 박혀 있었다. 뻔한 이별의 과정처럼 그녀와 주고받은 편지를 다시 읽고 그녀와 가장 행복했던 때의 메시지를 돌려보고 그러다 내가 못 해준 것들이 떠오르다가 내가 뭘 놓쳤을까 고민하다가 다시 또 그녀가 나에게 해주지 못했던 것들을 떠올렸다. 내가 그녀에게 상처받았던 것들 그녀가 나에게 상처를 주었던 것들 내가 그녀를 위해 포기했던 것들 내가 그녀를 위해 참아왔던 것들 내가 그녀를 위해 못 본 척했던 것들이 떠올랐다.

그러다 결국 이 사람도 다른 사람과 다르지 않았다는 결론
에 도달했다.

진정한 사랑인 줄 알았으나 똑같은 사랑이었고

특별한 사람인 줄 알았으나 내가 그동안 만났던 다른 사람
들보다

어쩌면 더 못한 면이 있을 수도 있는 사람이었다.

다음에는 이런 사람을 만나야겠다고 다짐했다.

나를 글 쓰는 걸 직업으로 가진 사람이 아니라 인간 박근호
로 봐주는 사람. 피곤하냐고 배고프냐고 묻는 게 아니라 고민
있냐고 물어봐 주는 사람. 내가 그 사람을 위해 최선의 노력으
로 해주는 것들을 당연하게 생각하지 않는 사람.

생각이 정리되자 그제야 이틀 만에 잠이 왔다.

얼마 못 자고 새벽에 눈을 떴을 때 다시 잠이 오지 않아서
일을 시작했다. 인터넷도 하고 일도 하고 핸드폰도 하다가 그
녀의 SNS에 들어갔다. 그녀는 나만 볼 수 없게 해놓은 상태로
SNS를 하고 있었다. 그녀가 올리는 사진을 하나씩 보며 나랑

헤어지는 게 제일 무섭다고 했던 사람이 맞나 싶었다. 속이 배배 꼬이는 거 같았다. 정말 다른 이별과 단 하나도 다를 것 없이 똑같이 흘러가고 있었다. 그녀는 나를 미워할 것이다. 그녀는 나를 원망할 것이다. 나도 그녀를 미워할 것이고 그녀를 원망할 것이고 때때로 고마워할 것이고 때때로 그리워할 것이다.

그녀는 시간이 조금 더 지나면 내가 그렇게 신경 쓰인다고 이야기했던 남자와 술을 마실 것이고 주말엔 예쁜 카페에 갔다가 전시회를 갔다가 아는 사람들끼리 모여서 늦게까지 술을 마시고 이제는 출근도 하고 그러다 종종 여행도 떠나며 가끔 내가 문득 떠오를 때면 인연이 여기까지였던 거라고 생각할 것이다. 예전처럼 다시 책을 많이 읽을 것이고 노래를 오래오래 틀어둘 것이며 산책을 자주 할지도 모른다. 혹시나 서점에서 내 책을 본다면 마음이 잠깐 저릿할 텐데 책을 읽을지 안 읽을지까지는 모르겠다.

나는 그녀를 미워할 것이다. 내가 혼자 오래 애도의 시간을 갖는 동안 그 사람은 누군가에게 기댔다는 사실을 견디지 못할 것이다. SNS든 주변에서 들려오는 소리든 나는 그녀의 소식을 듣고 보다가 결국 견디지 못하고 모든 것을 차단할 것이다. 이사도 갈 것이다. 그러고는 나 좋은 대로 생각하며 그녀를 미워했다가 가끔 더 해주고 싶었던 것들을 떠올리다가 열심히 글을 쓰고 출근을 할 것이다. 그렇게 몇 개월 지나면 어느 순간 괜찮아져 있을 것이다. 그럼 그때 또 누군가가 내 앞에 나타나거나 내가 누군가에게 호감이 생길 수도 있다.

이번엔 정말 특별하다고 생각했는데
어떻게 이렇게 똑같이 흘러갈 수가 있을까?

사랑할 땐 모든 것이 이유가 된다. 하지만 반대로 헤어질 때도 모든 것이 이유가 된다. 사랑의 문제는 함께 해결해도 어려운데 각자 떨어져서 혼자만의 생각으로 바라보고 정리할 땐 대부분 안 좋은 결과로 치달을 수밖에 없다. 우린 서로 상처받고 화난 상태로 몸과 마음이 다 떨어져 있는 상태다. 이젠 정말 최악으로 치달을 일밖에 없는 것이다.

그토록 사랑했던 여자와 똑같은 패턴으로 헤어진다는 게 납득이 되질 않았다. 그토록 사랑한다고 말하던 여자가 다른 사람들과 똑같이 행동하는 모습을 보는 걸 견딜 수가 없었다.

아버지가 돌아가시기 전에 함께 살던 동네로 향했다. 도저히 집에 있을 수가 없었다.

겨울이었지만 그날은 제법 날씨가 따뜻해서 평소 답답할 때면 자주 앉아 있던 작은 화단에 앉았다. 편의점에서 사 온 라면과 소주를 마셨다. 그리고 옆에는 우리 아버지가 피우시던 담배를 한 대 태우고 그녀의 아버지가 피우시던 담배도 한 대 태웠다. 살아있는 사람이 피지 않는 담배는 마치 향처럼 천천히 탄다. 천천히, 천천히, 어떤 이별처럼 담배가 줄어드는 걸 바라봤다.

어떻게 이렇게 똑같을 수가 있나요?
왜 이렇게 사랑은 어려운가요?

그 작은 화단은 십 년이 넘도록 힘들 때마다 앉아 있던 곳이었다. 정말 아무것도 없는 작은 화단인데 가만히 앉아 있으면 이상할 만큼 금방 기분이 괜찮아지고는 했다. 맥주를 마실 때도 있었고 음악을 가만히 들을 때도 있었고 앉아서 눈물만 흘리던 날도 있었다.

얼마나 앉아 있었을까. 종일 겨울비가 내리다 그친 덕분에 안개가 가득 낄 때쯤이었다. 다시 또 천천히 타들어 가는 담배를 보다가 나도 참 안 변한다고 생각했다. 내 삶에서 가장 사랑하는 사람을 잃었을 때, 그때도 정말 밤새도록 후회했었는데.

조금 더 대화하고 조금 더 물어보고 조금 더 사랑한다고 말할걸.

하지만 다시 또 금방 내 모습으로 돌아왔다. 나는 말하지 않고 상대방이 알아주기를 바라고 있었고 사랑하는 사람과 속마음을 완전히 꺼내어 이야기하는 데는 정말 많은 용기가 필요한 사람이라는 이유로 여전히 피하고 있었다. 가족을 잃었을 때도 그랬고 사랑하는 연인을 잃었을 때도 그랬으니까. 돌이켜 생각해보면 대화를 해서 풀 수 있을 만한 상황이 꽤 있었다. 서로의 마음을 터놓고 이야기한다고 이야기했지만, 사실은 더 많이 이야기할 수 있는 상황이 분명 있었다.

지난 몇 년 동안 수많은 이별을 경험하고 가족까지 잃었는데도 난 변하는 게 없던 것이다. 변하고 싶었을 뿐 변한 척했을 뿐 여전히 똑같았다.

내가 변하지 않으니 사랑도 똑같았다는 생각이 들자 지나온 모든 문제가 객관적으로 보이기 시작했다. 나는 여전히 내 일을 사랑하고 있었고 여전히 내가 가진 것을 하나도 놓고 있지

않았으며 여전히 내가 원하는 방식대로 살고 있다. 그녀한테
내 속마음을 정말 제대로 꺼낸 적이 없었고 이별 후에 그녀가
한 행동 역시 내가 집에서 혼자 애도한 것과 다르다는 이유만
으로 속이 꼬이지 않았는가.

다음번에 누군가를 만나면 과연 그 사람은 괜찮은 척하는
나에게 고민 있냐고 물어봐 줄 수 있을까?

그런 사람이 있을 수는 있지만 그런 사람을 만날 확률보다
그렇지 않은 사람을 만날 확률이 훨씬 더 높다. 왜냐면 나는
그런 말이 필요한 사람이라는 걸 내 연인에게 말하지 않을 것
이기 때문이다. 어느 누구를 만나도 말하지 않을 테니 똑같은
일이 벌어질 것이다. 힘들고 피곤해 보이는 나에게 내 연인은
피곤하지? 힘들지? 라는 똑같은 질문을 할 것이다. 그런 시간
이 반복되다가 또 어떤 일들로 인해 헤어질 것이다. 그러고는
이별 후에 사랑을 돌아보며 이 사람도 아니었다고 생각할 것
이다. 어딘가에 힘들다고 말하지 못하는 나에게 고민 있냐고
먼저 물어봐 줄 사람이 분명 있을 거라며 그 사람을 찾아 나설
것이다.

그녀와 헤어질 때도 그랬다. 나는 여전했다. 그녀한테 잘못
한 것도 맞고 그녀가 상처받은 것도 알겠지만 그때 또 내가 그

녀를 위해 해준 것들이나 내가 그녀를 위해 참았던 것들이 떠오르면서 감정이 엉켜버렸다. 왜 내 마음을 몰라주냐면서 오히려 내가 화를 냈지만 그건 순전히 내 입장이었던 것이다. 내가 생각하는 대로 내 연인도 느껴줄 거라는 착각. 내가 느끼는 걸 이 사람은 온전히 알아줄 거라는 착각. 나와 다른 개별성을 가진 사람이 아니라 나랑 똑같은 사람이라고 오해해버리고 마는 사랑의 착란.

나는 내가 가진 것들을 버릴 줄 알아야 했다.

내가 꼭 쥐고 있는 것들을 그녀가 버리라고 할 마음은 절대 없겠지만 그래도 버릴 수 있는 그런 마음이 내게는 있었어야 한다.

그녀가 먼저 알아주길 바라는 것이 아니라 어렵고 힘들다는 이유로 피할 것이 아니라 나는 이런 게 필요했다고 말할 줄 알아야 했다.

내 방식대로 문제를 해결하고 내 방식대로 받아들이고 내 마음대로 흘러가지 않는다고 미쳐버릴 게 아니라 그녀가 원하는 것이 무엇인지 물어봤어야 한다.

내가 그대로였으니 사랑도 다 그대로였던 것을
받아들이지 못했던 것이다.

나는 진정한 사랑을 원한다.

그리고 그 진정한 사랑이라는 건 갑자기 나타나거나 갑자기 생기거나 갑자기 찾아내는 게 아니었다. 진정한 사랑이란 만들어가는 것이다. 상대가 나와 다름을 진심으로 인정하고 내 방식만을 고수할 게 아니라 상대방의 입장에서 진심으로 생각하며 그 사람을 위해서라면 내가 가지고 있는 것들을 내려놓을 줄 아는 용기로 함께 만들어 나가는 것.

이런 생각이 들자 이번에는 정말 진정한 사랑을 할 수 있을 것만 같았다.

정말 좋은 사람을 만나고 싶거나 내가 그동안 한 사랑과 다른 사랑을 하고 싶다면

내가 먼저 변해야 한다.

다음날, 그녀를 만나러 갔다.

2부

노래

당신은 잘 만든 노래 같은 사람

자꾸 따라 부르고 싶은
자꾸 생각나는

이해

시간은 착각하게 만든다. 함께 시간을 오래 보낸 사람일수록 내가 그 사람을 잘 알고 있다고 생각하게 될 확률이 높다. 무언가를 배우거나 준비할 때도 오래 한 시간 만큼 잘하게 되거나 많이 알고 있다고 생각하게 된다.

중학교 때 친하게 지내던 친구가 있었다. 보통 친구 관계가 그렇듯 딱히 어떤 이유로 친해지게 됐는지까지는 기억이 나지 않는다. 점점 함께하는 시간이 많아지기 시작하더니 어느 순간부터는 모든 것을 함께하는 사이가 됐다. 옆집에 누가 사는지까지 다 알 수 있을 정도로 작은 동네에 살았지만 그 친구네 집은 그 작은 동네에서도 마을버스를 타고 15분은 넘게 가야 하는 곳이었다.

그 친구네 집에서 늦게까지 놀다가 함께 자기로 했던 날, 눈 앞에서 마을버스를 놓쳤다. 그것도 막차를.

　택시를 탈 돈은 당연히 있지도 않은 나이였고 그렇다고 누가 데리러 올 수 있는 환경도 아니었기에 우린 무작정 걷기로 했다. 몇 번 막차를 놓친 경험이 있었던 친구는 생각보다 걸을 만하다고 했다. 겨울이라 그런지 얼마 걷지도 않았는데 주변이 정말 칠흑처럼 어두워지기 시작했다. 한 번도 걸어본 적 없는 길에다가 보이는 것도 제대로 없어서 친구에게 바짝 붙어서 걷는 수밖에 없었다.

　가로등도 제대로 없는 산길.
　둘 다 형편이 별로 좋지 못했기에 휴대폰도 없었다.
　오로지 세상에는 그 친구와 나, 둘만 남겨진 기분이었다.

　함께 놀았던 시간이 몇 년인데도 막상 그렇게 되니 어찌나 할 말이 없던지. 상황이 대화하기 좋게 맞춰지자 오히려 무슨 말을 해야 할지를 몰랐다. 하지만 거의 두 시간 가까이 걸어야 한다는데. 이대로 갈 수는 없어서 누가 먼저랄 것도 없이 이것저것 서로에게 질문을 하기 시작했다. 처음엔 대화가 금방 끊겼지만 얼마 지나지 않아서 그 친구가 어머니와 함께 살 때의 이야기를 꺼냈다. 지금은 같이 살지 않지만, 한때 같이 살았을 때의 이야기를 가만히 듣는데 그 친구가 낯설게 보였다. 안 좋은 의미에서 그런 뜻이 아니라 그냥 정말 낯선 사람처럼 보였다.

아, 내가 모르는 모습이 정말 많겠구나.
내가 알고 있는 건 극히 일부였구나.

그날 그 친구와 나 사이에 작은 가로등이 하나 켜진 것 같았다.

사랑을 할 때도 비슷하다. 많은 사람이 시간이 지날수록 연인을 잘 알고 있다고 생각하게 되는 경우가 있다. 다른 사이보다 서로를 더 잘 알 수는 있다. 함께한 시간도 있고 대화도 많이 나누고 함께한 경험도 많을 테니까. 하지만 정말로 서로 진지하게 대화해야 할 때가 되면 서로를 잘 모르고 있었다는 생각을 하게 될 때가 있다.

여기서 보통 대화와 진짜 대화가 나뉘는 것 같다. 보통 대화란 예를 들면 이런 것이다. 둘이 저녁을 먹을 때 그 음식이 맛있냐 맛이 없냐로 몇 분간 대화를 나눴다고 가정하면 대부분 서로 대화를 많이 나눴다고 생각한다. 하지만 이건 보통 대화다. 진짜 대화가 아니라. 진짜 대화를 나눴다면 음식에 관해 조금 더 깊게 물어볼 것이다. 가장 좋아하는 음식은 무엇이냐고 물어볼 것이고 그 음식을 왜 좋아하게 됐는지도 물어볼 것이다.

나는 계란 후라이와 율무차를 생각하면 어린 시절이 생각난다. 아침 먹는 것보다 몇 분이라도 더 자는 게 좋았던 시절, 엄마는 내가 뭐라도 먹고 나갔으면 하는 마음에 매일 아침 계란 후라이를 만들고 율무차를 타줬다. 그 둘의 조합은 안 어울릴 것 같지만 사뭇 괜찮았다. 율무차는 이제 달아서 먹지 않지만 여전히 계란 후라이를 먹을 때면 어릴 때 받은 그 사랑이 생각나는 거 같아서 기분이 좋아지고는 한다. 만약 내가 사랑하는 사람에게 이런 이야기를 했다면 이건 진짜 대화가 될 것이다. 그리고 그 사람은 이 대화를 통해서 아, 계란으로 만든 음식이 어릴 때가 생각나서 좋아하는구나, 라고, 내 역사를 하나 알아가는 것이다.

만약 보통 대화를 나눴다면 이 식당은 맛이 있다, 없다로 끝났을 테지만 진짜 대화를 나누고 나면 오히려 상대방의 역사를 하나 알게 되는 것이다.

그렇게까지 꼭 해야 하냐고?

그럼, 사랑은 번거로운 일을 자처하는 것이고
서로 살아온 역사를 이해하는 일과 같으니까.

내 옆에 있는 사람을 우린 완전히 이해할 수 없다.
잘 알고 있다고 생각하는 것 역시 위험한 생각일지도 모른다.

내가 사랑하는 사람은 여전히 알아가야 하는 사람이다.
다 알고 있는 사람이 아니라.

불행

언젠가 이 글도 추억이 될 수 있을까.

나 젊었을 땐 말이야 세상에 온통 전염병이 돌아서 마스크를 쓰고 외출했으며 어디 들어가자마자 바로 손 소독을 해야 했고 5인 이상 모이지 못했던 적도 있었으며… 심지어 카페에서 커피를 마시지도 못하던 시절이 있었어, 라며.

처음 코로나라는 게 뉴스를 도배했을 때 많은 사람이 그러하듯 나도 별일 아니라고 생각했었다. 하지만 연이은 확진자 증가에 마스크는 점점 더 구하기 어려워지고 코로나에 관한 각종 괴담까지 돌아다니기 시작하면서 상황이 더 안 좋아지기 시작했다. 유행은 멈출 듯하면서 멈추지 않았다.

글쓰기 수업도 하고 있었고 정책을 지키는 선에서 종종 행사도 해야 했기에 그 누구보다 조심히 지냈다. 아니, 어린 조카들까지 있었고 코로나 초창기에는 아버지가 투병 중이셨기 때문에 조심하는 정도가 아니었다. 어느 정도였냐면 거의 3년 가까운 기간 동안 밖에서 밥을 사 먹은 게 다섯 번을 넘지 않았다. 커피를 포함해서. 정말 피치못할 일이 아니면 모든 음식과 커피는 배달시켜서 먹었다. 백신도 어떻게든 빨리 맞으려고 애를 쓴 덕분에 주변에서 내가 제일 먼저 맞았으며 심지어 사람들을 많이 만나거나 술자리에 자주 가는 친구는 3년간 아예 만나지도 않았다. 지독할 정도로 조심했다고 봐도 과언이 아니었다.

그러던 내가 코로나에 걸렸을 때 많은 사람이 그러했듯 쉽게 받아들여지지 않았다. 물론 어떤 사람은 끝물에 걸렸으니 아프지도 않을 텐데 일 쉬어서 좋다고 말하는 사람도 있었고 자신은 자신이 걸릴 줄 알았다고 말하는 사람도 있었다. 하지만 나는 대부분의 사람들처럼 내가 코로나에 걸렸다니, 라는 말만 반복할 뿐이었다.

제사 음식을 사러 잠깐 마트에 다녀온 뒤에 며칠간 집 밖에 나가지 않았다. 기껏해야 엘리베이터를 타고 새벽 늦은 시간에 분리수거하러 지하 1층에 다녀온 게 전부였다. 근데 갑자기 고열이 나기 시작하더니 확진 판정을 받은 것이다. 그래서 한때 내 별명이 엘리베이터 남, 이었다. 엘리베이터에서 걸렸다면서. 열이 감당할 수 없을 만큼 많이 나는 것도 오한이 심한 것도 견딜만했지만 정말 견딜 수 없었던 건 나를 스친 사람들에게 확진됐다는 연락을 돌리는 거였다. 그리고 해야 했던 일을 다 취소하고 집 안에서 할 수 있는 일들만 처리하는 거였다. 자영업을 하시는 분들처럼 아프다고 쉴 수 있는 상황이 아니었기에 이불을 뒤집어쓰고 일을 했었다. 그때 꾸역꾸역 일을 하고 밥을 챙겨 먹으면서 이런 생각을 많이 했었다. 왜 내가 코로나에 걸렸을까. 그렇게나 조심했는데. 왜 하필 내가. 마트에 가지 말 걸 그랬나. 분리수거는 다음에 할 걸 그랬나.

벌써 그 일이 있은 지 일 년이나 지났다. 이제는 제법 해외로 여행을 떠나고 훨씬 더 많은 일상이 회복되고 있다. 이제 와서 생각해보는 거지만 코로나에 걸렸던 그때 내 기분이 아마 불행을 대하는 보통의 자세가 아니었을까.

어느 날 갑자기 찾아와서는 엄청난 시련을 안겨주고
네 잘못이야, 네 잘못이야 하지만 사실은 내 잘못이 아닌 그런 것.

그래서 요즘 내 의지와 상관없이 어떤 일이 일어났을 때
그 일이 불행하게 느껴져서 자꾸 나를 탓하고만 싶어질 때
다시 한번 그때 그 시간을 떠올린다.

내가 잘못하지 않아도 때론 어떤 일이 일어날 수도 있다.
물론 그것도 너무 속상한 일이지만 마냥 내 잘못만은 아니
라고 생각하면
그래도 다시 일어설 수 있다.

결심

좋은 일이 생겼을 때보다
안 좋은 일을 겪었을 때
어떤 결심을 하기가 쉬워진다.

지나가다가 엄청 멋진 건물을 봤을 때
나도 건물주가 되고 싶다고 결심할 확률보다
마음 못된 건물주를 만나고 난 뒤에
건물주가 되고 싶다는 생각이 더 강하게 든다.

집도 마찬가지.
친구가 피땀 흘려 번 돈으로 구입한
신혼집에 놀러갔을 때보다
이상한 집주인을 만나서 세 들어 살다 보면
훨씬 더 집을 사고 싶어진다.

참 잘했다며 아낌없는 칭찬을 받을 때도
힘이 나지만 누군가가 자신을
은근히 무시하는 것 같을 땐
더 잘하고 싶다는 마음에 어떤 독기까지 더해진다.

살아가는 동안 이상한 사람을 많이 만나고
힘든 일이 쌓이면 쌓일수록
하나 밖에 없는 내 편이 간절해진다.

그래서 아무리 이별의 상처를 가지고 있더라도
다시 또 사랑하겠다고 결심하는 건지도.

미안한 날

분명 기분이 괜찮았다.
날씨도 좋고 커피도 맛있고
카페 분위기도 좋았기에
가벼운 마음으로 글을 쓰고 있었는데
쓰다 보니 내가 생각한 것과 다른 쪽으로
글이 흘러갔다. 그러다 그만
감정이 복받쳐서 울어버렸다.

나도 당황해서 화장실로 뛰어가서는
세수를 연신 했는데
그러다 거울을 바라보니
꽤 슬픈 표정의 내가 있었다.
기쁜 줄 알았는데 알고 보니 마음 깊숙한 곳에
어떤 응어리가 있었던 것이다.

세수를 다시 몇 번 하고
거울을 또 보면서 말했다.
아, 미안하네. 내가 몰라줬구나.
오늘은 내가 나한테 미안한 날이네.

겉으로 보이는 모습과
혹은 내가 느끼고 있는 기분과
내 진짜 마음의 상태는 사뭇 다를 수 있다.
그걸 알아보기 위해서 제일 좋은 건

여전히 그리고 언제나 글쓰기일 것이다.

명절축구

오래 살았던 동네에는 특이한 문화가 있습니다.

명절이 되면 같은 고등학교를 나온 사람들끼리 모여서 명절 축구를 하는 것입니다. 제가 살던 동네는 시골이었기 때문에 한 집만 건너면 누가 누군지 다 아는 구조입니다. 타지역에서 가정을 꾸리거나 일을 하던 친구들도 명절이면 부모님을 뵈러 대부분 동네로 돌아왔기에 자연스럽게 형성된 문화입니다. 몇십 명이 초대되어 있는 단톡방에는 친한 친구도 있고 조금 멀어진 친구도 있고 지나가다가 몇 번 마주쳤던 나보다 어린 친구도 있고 그 친구의 친구도 있습니다. 저는 원래부터 공으로 하는 운동은 좋아하지도 않고 낯선 사람이 있는 불편한 자리 역시 별로 좋아하지 않기에 딱 한 번 참여해봤지만, 제 취향과는 무관하게 그 행사는 거의 십 년 가까이 이어져 오고 있었습니다.

이번에도 명절을 앞두고 투표가 진행됐습니다.

시간이 맞지 않아서 투표는 몇 번이나 진행됐습니다.

원래는 그러지 않았는데 대부분 참가를 하지 않았고
대답조차 하지 않았습니다.

그래도 얼추 모일 수 있는 만큼 인원이 확보되고 있었는데
어느 날 갑자기 그 모임을 주도하던 제 친구가
이번에는 모이지 않겠다고 선언을 해버린 것입니다.

그 뒤를 이어서 그 모임을 되게 좋아하던 한 친구도 단톡방
을 나갔습니다.

내가 모르는 무언가가 있는가 해서 연락을 해봤는데 돌아오
는 대답은 이랬습니다.

"그냥 거기 나가서 공 차는 게 무슨 의미가 있을까 싶다."

그 친구는 작년에 결혼을 했습니다. 아무래도 가족과 시간
을 더 보내는 게 더 좋을 거라고 생각했던 걸까요? 자세히 묻
지는 않았지만 그 모습을 보는데 그가 부쩍 어른이 된 거 같은
기분이 들었습니다. 예전엔 다 내 삶에서 중요한 사람이고 다
중요한 자리라고 생각했는데 돌이켜보면 사실은 그다지 중요
하지 않은 사람이었고 중요하지 않은 자리에 너무 많이 참여
했으니까요. 저도 그렇습니다. 점점 더 가족과 보내는 시간이

인생에 있어 가장 중요하다는 생각을 합니다.

그렇게 어른이 되어가나 봅니다.

안부 전화

살아가다 보면
꼭 겪어야만 하는 일이 있었다.
나에게 무언가를 알려주려는 듯
반드시 일어났어야만 했던 일들.

시간이 지나고 나면
아, 그건 겪어야 하는 일이었구나.
말할 수밖에 없는 그런 것.

그런 일은 대부분 두 가지 모습으로 찾아온다.
아프지 않게 찾아오는 것과
그 어떤 것보다 가장 아프게 찾아오는 것.

삶이 야속한 건
내 인생을 바꿀 만큼 거대한 깨달음을 주는 일은
대부분 그 어떤 것보다 가장 아프게 찾아온다는 것이다.

전혀 예상하지 못한 순간에
정말 당연하다고 생각했던 것을
가져가고 사라지게 하고 깨트리면서 말이다.

별다를 일 없이 평온한 요즘.
가만히 앉아 생각한다.
이 평온함 속에서 내가 당연하다며 놓치고 있는 게 무엇일까.
어쩌면 지금부터 신경 쓴다면 미리 막을 수 있지 않을까.

우선 사랑하는 사람들에게
안부 전화부터 해야겠다.

친구

내가 생각하기에 진짜 친한 친구들은
뭔가를 말하거나 행동했을 때
단 한 번도 단번에 동의를 한적이 없다.
일단 어떻게든 틈을 찾아서
훼방 놓을 생각부터 한달까?

 하지만 그랬던 사람들이
나한테 진짜 진지하게 무슨 일이 생기면
바로 한 순간에 든든한 사람으로 바뀐다.

본모습

호의를 계속 베풀었을 때
그게 당연한 것으로 받아들이는 사람은
그냥 그릇이 거기까지인 것.
내가 잘못한 게 아니라.

품위

1.

평일 점심, 시간이 떠버리는 바람에 글 쓰려고 카페에 왔다.

2.

내 옆에는 일행 네 명이 모여 있었다. 거리가 가까웠기에 대화가 들릴 수밖에 없었는데

3.

바로 앞에 있는 초등학교 선생님들인 것 같았다. 뭐가 불만인지 한 분은 연신 이야기를 쏟아내다가 점점 더 감정이 고조되기 시작했고

4.

그 감정은 이 말을 뱉고 나서야 조금 잠잠해졌다.

5.

걔는 말을 왜 그렇게 하는 거니 도대체?

6.

잠시 후, 그 분들이 앉아있던 자리가 문 앞이었던지라 직원
분이 커피를 일층에서 가지고 올라올 때마다 찬 바람이 들어
왔다.

7.

그게 너무 추웠는지 자리를 옮기면서 동료가 자신들이 먹던
케이크 접시도 같이 챙기려고 하자

8.

그때 그 불만을 하염없이 쏟아내던 사람이 이렇게 말하는
게 아닌가.

9.

냅둬. 얘네들이 치울 거야.

10.

여기서 말하는 얘네는 누굴까?

11.

일하는 사람들? 아니면 카페라는 공간을 의인화해서 사람처럼 표현한 것일까?

12.

아이들을 하도 부르다 보니 모든 사람을 애네라고 부르게 된 걸까?

13.

근데 어째 그 말투가 썩 기분 좋은 편은 아니라 살짝 쳐다보고는 다시 글을 쓰는데

14.

꽤 거리가 떨어진 곳으로 자리를 옮긴 상태에서도 그 분의 투정이 어김없이 들리기 시작했다.

15.

아이고. 이어폰 안 가져온 날 탓해야지.

16.

그때 생크림이 가득 묻은 접시 앞에 두 사람이 앉았다.

17.

직원분이 커피를 가져다주자 앉아있던 한 분은 이 접시 좀 치워 달라고 정중하게 부탁을 했다. 한 마디를 더 하면서.

18.

누가 자리를 옮겼나 봐요.

19.

근데 그 말투가 어찌나 잔잔하던지, 내가 직원이었어도 기분 좋게 치워줄 것 같았다.

20.

그리고는 커피 한 입을 드시는데 흰머리조차 멋있게 보였다.

21.

정점은 그 다음이었다.

22.

이번에는 자신이 흘린 쿠키 가루를 손으로 쓸어 담더니 빈 접시 위에 올려놓는 것이 아닌가.

23.

나는 이 짧은 시간에 얼마나 많은 무례와 얼마나 많은 품위를 본 걸까.

24.

같은 공간에서 커피를 마시는데 이렇게나 다르다. 사람은.

선택

카페에 가서 노트북으로 일도 좀 하고 일기도 쓰고 책도 읽었어. 혼자서 충만한 시간을 보내고 밖으로 나갔는데 갑자기 비가 내리는 거야. 분명 아까 날씨가 좋았거든. 가방에 다 넣기엔 짐이 너무 한가득이야. 편의점에 가는 것보다는 지하철로 곧장 뛰는 게 덜 젖을 거처럼 느껴져. 그럼 그때 선택을 해야 해. 가방에 무엇을 넣을지. 어떤 걸 안고 뛸지. 어떤 걸 비를 덜 맞게 할지.

사랑도 그런 거야.
어느 날 갑자기 예고 없이 내리는 비처럼 시작되는 거지.

그럼 그때 선택해야 돼. 모든 걸 다 가지고는 사랑에 제대로 임할 수 없으니까. 사랑도 집중과 선택이거든.

그래서 어릴 때가 오히려 시작이 더 쉬웠나?

그땐 가진 게 많이 없었으니까.

사랑한다는 말

분명 오후에 시작한 것 같은데 시계를 보니 밤 열 한시가 넘었다.

평소 하루에 하나씩은 요리 영상을 볼 정도로 요리하는 것도 좋아하고 공부하는 것도 좋아한다. 요리를 좋아하게 된 건 부모님 덕분이었다. 항상 나를 위해 맛있게 음식을 차려주시고는 내가 맛있게 먹을 때마다 세상을 다 가진 것처럼 행복해하시는 모습을 보면서 자연스럽게 음식뿐만 아니라 요리를 하는 행위 자체에도 매력을 느끼기 시작했다. 단순히 음식만 건네는 게 아니라 사랑을 주는 느낌이랄까.

아무리 요리를 좋아하더라도 정말 손이 많이 가는 건 내가 나를 위해 혼자 만들기는 선뜻 어렵다. 언젠가 보았던 영상에서 파스타 한 접시를 만드는데 소스부터 소스 안에 들어가는 육수까지 직접 만드는 걸 본 적이 있다. 보통 노력이 필요한 게 아니라서 나를 위해서 만들 엄두는 나지 않았다. 언젠가 정말 사랑하는 사람이 생기면 꼭 해주고 싶어서 몇 번이고 돌려봤었다.

그녀와 토요일에 함께 있다가 마침 그 이야기가 나온 것이다. 내가 만들어주고 싶은 요리가 있다면서 설명했더니 그녀도 정말 좋아하는 음식이라는 대답이 돌아왔다. 시간이 좀 걸리니까 저녁으로 먹자면서 오후에 장을 보고 시작한 것이 밤 11시가 다 돼서야 끝난 것이다. 마치 명절에 음식할 때처럼, 학생 때 정말 종일 서서 일했을 때처럼 발바닥이 아플 정도로 오래 서 있었지만 맛있게 먹는 그녀의 모습을 보니 발에 쌓인 피로가 한순간에 사라지는 기분이었다. 만약 그 자리에서 똑같이 다시 만들 수 있냐고 물어보면 정말 다시 그대로 한 접시를 더 만들 자신마저 있을 정도였다.

누군가를 진짜 사랑하게 되면 나타나는 특징이 있다. 바로 상대의 끼니를 걱정하는 것이다. 밥 먹을 시간이 지났는데 아무 말 없으면 밥 먹었냐는 질문부터 하게 되고 때맞춰서 잘 챙겨 먹으면 그렇게 기분 좋을 수가 없다. 마치 부모님의 마음과 비슷해진달까.　 ·

밥 먹었어? 맛있는 거 먹자. 맛있는 거 해줄게.
이런 말들이 때로는 사랑한다는 말보다
더 사랑한다는 말로 들릴 때가 있다.

사랑

많은 사람을 만나다 보면 때론 이런 생각이 든다.

세상에 정말 별의별 사람 다 있구나.
하지만 또 반대로 이런 생각이 들 때도 있다.

세상에 좋은 사람 정말 많구나.

감사하게도 누군가가 지난 시간 동안 만나온 사람 중 좋은 사람이 더 많았느냐 나쁜 사람이 더 많았느냐를 물어본다면 좋은 사람이 더 많았다고 대답할 수 있다. 다시 생각해봐도 감사한 일이다.

사랑이나 연애가 인생에서 전부는 아니지만 가끔 누가 봐도 괜찮은 사람인데 혼자 지내는 사람을 볼 때가 있다. 신기한 건 얘기를 하다 보면 그 사람도 사랑에 관심이 없는 건 아니라는 것. 좋은 사람을 만나 분명 사랑을 하고 싶어 하는데 그런 사람을 만날 방법이 없다며 하소연하고는 한다.

그것도 그럴 것이 어릴 땐 주변에 사람이 정말 많다. 학교를 떠올리기만 해도 매일같이 누군가와 함께 생활하고 경험을 나눈다. 또 그땐 얼마나 예민한 나이인가. 모든 것을 다 받아들일 것처럼 말랑한 상태이니 사랑이 스며들기도 좋은 나이다. 하지만 시간이 조금씩 흐를수록 점점 만나는 사람만 만나게 된다. 사회생활을 오래 할수록 체력도 줄어들고 일하고 집에 가기만을 반복하다가 주말에는 밀린 잠을 몰아 자기 바쁘다. 만약 자기 발전을 꾸준히 하는 사람이라면 퇴근 후에 운동도 가고 무언가를 배우러 다니고 책을 읽고 혼자 있는 시간을 보내다 보면 누군가를 만날 시간도 없고 누군가를 만나지 않아도 하루가 꽉 차버려서 시간은 잘만 흘러간다.

보통 우리가 생각하는 좋은 사람은 자기 관리도 잘하고 어느 정도 배움을 멈추지 않는 사람일 텐데, 문제는 그런 사람일수록 자존감도 높고 혼자 있는 시간을 굉장히 잘 쓴다는 것이다.

그러니까 좋은 사람들은
어쩌면 다 자기만의 영역에서 혼자 활동하느라

서로 만날 수가 없는 것이다.

가끔 늦은 시간에 도로를 달리면서 사람을 구경하거나 늦은 밤 아파트에 불이 켜져 있는 걸 볼 때면 저기도 여기도 다 좋은 사람들이 살고 있을 텐데 그 사람들은 서로의 존재도 모르고 각자의 영역에서 생활하느라 바쁘겠지, 라는 생각을 한다. 지나가다가 우연히 마주쳐도 어쩌면 서로 평생 함께할 만큼 잘 맞는 사이일 수도 있는데 그냥 모른 척 지나가거나 한 번 눈길을 주고 말겠지? 라는 생각을 할 때도 있다.

그래서 자기 영역에서 잘 생활하던 사람들이
어느 날 한순간에 만나 서로의 존재를 알게 되는 거
그걸 인연이라고 부르는 걸까?
그렇게 맺어진 인연이
서로의 삶에 스며들어 중요한 사람이 되는 거
그걸 사랑이라고 부르는 건가?

영화

몇 번 본 영화라면서
내가 안 봤다는 이유만으로
어떻게 그렇게 같이 재밌게 봐줬을까?

통증

흔히 우리가 아프다고 말할 때 주어를 생략한 채 이야기하면 이런 대답이 돌아온다.

어디가 아픈데? 팔? 다리? 무릎? 배? 머리?

혹은 어떤 사람은 이렇게 물어볼지도 모른다.

마음?

같이 일하는 사람들끼리 회식했을 때였다. 술자리가 끝났을 땐 늦은 새벽이었고 때마침 비가 내리고 있었다. 택시가 잘 안 잡힐 것 같은 동네였기에 집이 먼 사람 순서대로 택시 잡는 걸 기다리다가 주변을 돌아봤을 때 친구가 사라진 것을 알았다. 우리 집에서 같이 자기로 했고 비도 많이 오는데 아무리 찾아봐도 보이지 않는 것이다. 이름을 애타게 부르다 남은 사람들에게 먼저 들어가 보겠다고 말하고는 그를 찾아다니기 시작했다.

근처 호텔에 전화도 해보고 골목 구석구석까지 다 돌아다니고 나서야 30분 만에 녀석을 찾았다. 친구는 우리가 있던 곳에서 꽤 떨어진 어느 사거리에서 비를 맞고 있었다. 주변에서 어떤 사람이, 저 사람 무슨 일 있나 봐, 라고 말하는 것도 못 들은 채 말이다. 신호가 바뀌었는데 친구는 주머니에 손을 넣은 채 그냥 비를 맞고 있었다.

녀석은 헤어질 참이었다.
아니, 헤어지는 중이었다.

점점 일이 많아서 바빠지고 있었고 그로 인해 생기는 관계에서의 크고 작은 문제들을 해결하기가 어려운 듯했다. 몇 번 위기를 잘 극복하긴 했지만 아무래도 이번엔 힘든 모양이었다. 좋은 날이어서 다 함께 술을 마신 거지만 시간이 지날수록 어떤 통증이 느껴졌고 그 통증을 갑자기 내린 비가 더 증폭시

킨 게 아니었을까.

　집에 가자

　따로 해줄 말이 없어서 택시에 친구를 태우고 집으로 향했다. 씻으라며 수건을 내어주고 조금 두꺼운 이불을 깔아주는 게 전부였다.

　나는 아픈 사람을 보는 게 힘들다. 왜 힘드냐고 물어보면 글쎄, 쉽게 대답할 수는 없지만 차라리 내가 아픈 건 괜찮은데 가까운 사람이 아픈 걸 보는 건 견디기가 힘들다. 마음이 뭉개지는 기분이랄까. 문제는 몸이 아프면 눈에 잘 보이기라도 하는데 마음은 여간 알아차리기가 어려운 게 아니라는 것이다. 나는 그날도 녀석이 갑자기 사라져 비를 맞기 전까지 그 정도로 마음이 엉망인 줄은 몰랐다.

　언젠가 읽은 기사에 그런 내용이 있었다. 몸이 아플 때 먹는 진통제가 실제로 마음의 통증도 조금은 줄여준다는 것이다. 또 반대로 몸 어딘가가 안 좋은데 도무지 병원을 옮겨 다녀도 이유를 알 수 없었다가 마음을 치료했더니 몸도 괜찮아졌다는 이야기가 심심치 않게 들려온다. 생각해보면 맞는 말 같다. 사랑하는 사람과 이별했을 때 마음이 엉망이면 밥도 안

먹히고 몸 상태도 정말 별로지 않은가. 반대로 사랑하는 사람과 사이가 좋을 땐 마음도 충만하고 그로 인해서 몸 상태도 좋아지지 않았던가.

때로는 마음이 아픈 사람에게 죽을병도 아닌데 뭐 그렇게 심각하게 있냐고 말하는 사람들이 있다. 과연 그럴까. 마음이 정말 아프면 몸도 같이 무너질 수 있을 텐데. 몸이 무너지면 마음도 같이 무너지는 것처럼 말이다. 그래서 마음의 어떤 통증을 가득 느끼고 있는 사람에게 별일 아니라는 듯이 이야기하는 것만큼 큰 실수가 없다고 생각한다.

눈

저는 봤어요.

그때 저랑 같이 울어주시던 모습을요.

얼굴은 잘 기억나지 않지만
저만큼이나 글썽이던 눈은 평생 기억해요.

고마워요,
같이 울어줘서.

창문

새벽까지 일을 하다가
도저히 졸음을 참지 못하겠어서
커피를 마시러 거실로 나가면
해가 뜨고 있을 때가 많았다.

또 해가 뜨는구나.
하나만 더 써보자.
한 번만 더 해보자.

서재로 들어와서
다시 책상 앞에 앉으면
놀랍도록 어두웠다.

분명 거실은 해가 그렇게 뜨고 있는데
서쪽으로 방 한 칸 옮겼다고
여전히 어두운 것이다.

분명 인생도 이랬던 것 같다.

분명 어디선가 해가 뜨고 있는데
나는 하나도 느끼지 못한 채
오로지 어둡고 적막하다고 느꼈던 때가.
영원히 나에게 해가 뜨지 않을 것 같던 때가.

그래서 더 지치고 포기하고 싶었던 순간들.

조금만 더 버티고 조금만 더 해봤으면
해가 뜨는 걸 볼 수도 있었을 텐데 말이다.

버티는 게, 조금만 더 해보는 게 정답은 아닐 수 있으나
때로는 정답일 수도 있다.

변화

점점 더 번아웃이 오는 사람들이 많아지는 것 같다. 현대 사회가 그 어떤 시대보다 빠르게 바뀌기 때문일까. 점점 더 치열해지지 않으면 살아남을 수 없게 된 탓일까. 오늘도 아는 동생 한 명이 조만간 혼자 여행을 다녀온다고 내게 말했다. 작년 한 해 동안 쌓인 피로가 이제 몰려오는 것 같다면서.

번아웃이 와서 지치거나 무기력해졌을 때가 정말 무서운 것은 어느 순간 갑자기 찾아오지만 생각했던 것보다 힘이 강하다는 것이다. 마치 조금씩 조금씩 내 안에 여러 구덩이를 파고 있었는데 조금씩 파놓은 구덩이를 한 번에 연결해서 엄청 깊게 만들어버리는 기분이랄까? 계속 잠만 자게 만들거나 침대에 누워서 무기력하게 핸드폰만 하게 만든다. 제목도 기억나지 않는 영상을 계속 반복해서 보다가 입맛도 없어서 밥을 먹는 둥 마는 둥 하거나 배달 음식으로 하루 한 끼를 때운다. 심지어 이렇게 지내는 것도 계속하라고 하면 할 수 있을 것 같은 기분이 든다. 누가 봐도 건강하지 않은 삶인데 건강하지 않은 삶조차 익숙해진달까.

나도 일 년에 한두 번은 그러는 것 같다. 도무지 아무것도 할 수가 없어서 누워만 있거나 누구를 만나도 아무런 미소도 안 짓게 되는 그런 시기. 입맛도 없고 무언가 먹고 싶다거나 하고 싶은 게 정말 단 하나도 없는, 그냥 어떤 무의 상태. 이렇게 깊이 무기력할 때면 한 번에 무기력함을 없애려고 노력한 적이 많았다. 운동을 배워봐라, 안 가본 곳을 가봐라, 취미를 만들어라 하고 흔히들 이야기하는 것처럼, 여행이라도 다녀오면 기분이 괜찮아질까 싶어서 어디 멀리 여행을 떠나려고 준비한다거나 하는 식이었다.

하지만 대부분의 여행 계획은 실패로 돌아갔다. 시간이 지나고 제법 나 스스로가 괜찮아졌을 때 왜 그때의 계획들이 실패했는가를 돌아본 적이 있다. 분명 여행을 가면 즐거울 것도 아는데. 꼭 여행이 아니더라도 지금 나를 둘러싼 이 공간으로부터 멀어지면 멀어질수록 기분이 괜찮아질 거라는 걸 아는데 왜 잘 안됐을까?

일종의 부작용이었겠다.

내가 놓치고 있었던 것은 나는 지금 침대에서 일어나 거실로 나가는 것조차도 힘든 상태라는 것이다. 그런 상태에서 여행을 가야 한다고 생각하니 오히려 더 몸이 안 움직였던 게 아니었을까. 지금 나는 걸을 수도 없이 지쳐 있는데 누군가가 내게, 등산 한 번 해봐, 기분이 괜찮아질 거야, 그렇게 말하는 것만 같은 것.

그러니까 어쩌면 무기력하거나 지쳐 있는 사람들에게 필요한 건 그저 작은 시도가 아닐까? 이를테면 나 자신에게 이렇게 말해보는 것이다.

"많이도 말고 1m만 움직여보자."

침대에서 일어나 욕실로 향하는 것. 욕실에서 나와 거실로 나가는 것. 거실에서 현관으로 발걸음을 옮겨보는 것. 그렇게 1M씩 반경을 넓혀나가다가 집 앞에서 산책도 하고 멀리 떨어진 동네에 커피를 마시러 가기도 하고 다시 삶의 목표를 정하고 열심히 살아가기도 하는 것이다.

괜찮지 않아도 괜찮다.
아무것도 하고 싶지 않을 정도로 무기력한 것 역시 그럴 수 있는 일이다.

다만 한 번에 그것을 극복하려고 하지 않았으면 좋겠다.
조금씩 조금씩, 천천히 또 천천히

1m씩 괜찮아지면 되니까.

공연

몇 년 만의 공연인지 모르겠다. 한 밴드의 내한 공연이었다. 예약한 자리는 운이 좋게도 무대를 정면으로 바라볼 수 있고 관객들까지 한눈에 볼 수 있는 자리였다. 공연 시작 시각인 7시가 되자마자 음악이 바뀌었다. 잠시 후 밴드가 무대 위로 걸어 나오자 사람들은 환호했다. 조명이 켜지는 동시에 전주가 흘러나온다. 무슨 기분일까? 이렇게 많은 사람 앞에서 노래를 부른다는 건.

무대 위 밴드를 잠시 부러워하다가, 그런 생각을 했다. 그래 누구나 자기 자신만의 무대가 있지. 내 친구 규섭이는 공무원이 되고 싶다며 몇 년 동안 공부만 했고 내 친구 태호는 요식업을 하는 게 소원이라며 맨날 가게 차린다는 소리만 한다. 나는 내가 만든 결과물을 대중에게 선보이는 게 꿈이었다. 또 누군가는 세상에서 가장 화목한 가정을 만드는 게 꿈일 수도 있다.

누구나 자신이 원하는 무대가 있고
그 무대에 한 번만 올라서면 많은 게 괜찮아질 텐데
그게 그렇게나 어렵다.

우리의 공연은 몇 시에 시작되는 걸까.

지금 당장 기분이 좋아지는 법

-나를 위해 이유 없이 꽃을 산다

-일어나자마자 침구류 정리를 한다

-오래 못 본 친구에게 먼저 연락한다

-한 번도 들어본 적 없는 장르의 음악을 듣는다

-한 번도 가본 적 없는 동네를 걷는다

-커피 대신 따뜻한 차를 마신다

-직업과 전혀 상관없는 취미를 만든다

-전혀 생각하지도 못한 새로운 걸 배운다

-버려야 한다고 생각했던 것을 용기 내서 버린다

-자극적인 것보다 깨끗하고 담백한 한 끼를 먹는다

-오래 미뤄왔던 일을 눈 딱 감고 저지른다

-좋아하는 사람에게 용기 내서 뭐 하냐고 물어본다

입맛

그게 무엇이든 간에 인정하는 건 왜 그렇게 어려울까. 나는 내 입맛이 까다롭다는 것을 인정하는 데까지 무척 오랜 시간이 걸렸다. 까다로울 수도 있는 거 아닌가? 하는 생각을 시작으로, 따지고 보면 그렇게 까다롭지도 않은 거 같다는 결론에 도달했다가, 사실은 까다로운 게 맞는데 남들에게 예민한 사람처럼 보일까 봐 안 까다로운 척도 했었다.

내가 음식을 대할 때 제일 중요하게 생각하는 건 신선함이다. 그리고 그 신선함은 지극히 나만의 기준이다. 발효 식품 같은 건 신선하다는 생각이 들지 않아서 좋아하지 않는 편이다. 김치는 아예 못 먹고 요구르트나 요플레 같은 것도 좋아하지 않는다. 심지어 치즈도.

된장보다는 고추장이 더 신선해 보여서 고추장을 더 좋아하고 쌈장도 뭔가 신선하지 않은 맛이 나서 무조건 고추장만을 찾으며… 다른 양념 중에선 이상하게 간장이 제일 신선해

보여서 간장을 제일 좋아한다. 진짜 피곤하고 예민한 사람이라고 생각할 것이다. 그리고 누군가는 이런 생각도 할 수 있을 것이다.

결혼하면 진짜 피곤하게 하겠다.
도대체 뭐 먹고 살아요?

하지만 나는 이런 항변을 하고 싶다.

요리는 제가 할 건데. 예민한만큼 요리 상당히 잘하는데.
그리고 발효식품이나 그런 거 말고도 먹을 거 많은데…

파스타도 있고 고기도 있고 해산물도 있고 먹을 건 정말 많다. 이렇게 음식에 대해서 까다롭다 보니 자연스럽게 사람들의 입맛에 관심을 많이 갖게 됐다. 나 같은 사람이 또 있을까 싶기도 했고 상대방이 가리는 음식이 많아 보이면 사실은 나도 그렇다면서 이야기해볼 용기가 조금은 생겼기 때문이다. 그렇게 다른 사람의 입맛에 대해 유독 관심을 많이 가지면서 하나 알게 된 건, 사람의 입맛이라는 게 어린 시절이나 환경으로부터 영향을 많이 받는다는 것이다.

어릴 때부터 가족끼리 다함께 밥을 먹거나 할머니, 할아버지와 함께 살았던 친구들은 반찬을 꺼내놓고 밥을 먹는 게 익숙하고 가족 구성원의 수가 적거나 혼자 밥을 먹었던 적이 많은 사람은 메인으로 먹을 수 있는 음식 하나만 있으면 충분히 한 끼를 해결할 수 있다. 부모님이나 주변 어른 중에서 날음식을 좋아해서 어릴 때부터 자주 접했던 친구들은 날음식을 좋아할 확률이 훨씬 높다. 살아온 환경이나 삶, 그리고 부모님과 주변 가족들의 존재는 그런 방식으로 입맛에 정말 많은 영향력을 미친다.

어른이 되고 누군가를 만났을 때 그 사람이 나와 입맛이 정말 비슷하다면 예전에는 그냥 그럴 수도 있는 일이라고 생각하고 넘어갔지만 요즘은 의미를 부여하게 된다. 아마 어린 시절부터 비슷한 환경이나 비슷한 삶을 살았기에 입맛이 비슷한 게 아닐까 하고. 우리나라 사람과 서양 사람의 입맛이 다르듯 문화와 환경이 다르면 먹고 마시는 것부터 달라진다. 같은 나라에 살고 있다고는 하지만 그래도 어느 정도 뭔가가 비슷했으니 입맛이 닮지 않았을까.

좋아하는 음식과 싫어하는 음식이 서로 같다는 건
하여튼 생각보다 특별한 일이다.

소리

언젠가 본 영화에서 그런 대사가 나온다.

"내 주변 공간을
침묵이 잡아먹게 두지 마세요.
살아있는 집에서는 어떻게든 소리가 나요.
침묵에 길들여지는 건 정말 무서운 일이에요."

완벽히 혼자가 됐을 때
잠깐씩 나에게 머무는 사람은 있을지언정
그 사람들도 결국 자기 집으로 돌아가고
결국 다시 남이 되고는 했을 때마다
난 겸허히 받아들였다.

그래 이게 내 운명인가보다.

더는 집에서 내가 무언가를 하지 않으면
그 어떤 소리도 나는 일이 없었다.

당신이 우리 집에 오는 횟수가 많아지기 시작하고
집은 나에게 쉬는 공간이자 일하는 공간이었기에
일과 사랑이 조금씩 섞이기 시작했을 때
서재에서 글을 쓰고 있었다.
여느 때처럼 피아노 음악을 틀어놓고.

그때 문밖에서 소리가 난다.
접시 움직이는 소리.
뭔가를 만드는지 자르고 끓이는 소리.
물을 끓이는 건지 밥을 짓는 건지 헷갈리는 소리까지.

기분이 이상하다.
닫힌 문 너머에서 소리가 나는 게
이렇게 기분이 이상할 일인가.

아, 맞다
세상은 혼자 사는 게 아니었지.

그러고 보니 그 영화도

당신이랑 봤었다.

이상형

한 번도 본 적이 없다.

사람들과 대화하면서 이상형을 물어봤을 때 말도 안 되는
걸 말하는 사람을.

저는요, 얼굴은 조각상 같았으면 좋겠고요. 진짜 연예인 앞
에서도 연예인을 내려다볼 수 있는 그런 미인이나 미남이었
으면 좋겠고요. 몸매는 운동선수 같거나 모델 같았으면 좋겠
어요. 연봉은 한 7억 2천쯤 됐으면 좋겠고 재벌 3세 정도면 더
좋을 거 같은데… 학력은 꼭 외국 대학교를 졸업했으면 좋겠
고 아니면 너무 착해서 기부나 봉사를 한 20만 시간 정도 한
사람이었으면. 아, 공감 능력이 너무 뛰어나서 나무랑 대화를
하고 날아가는 새를 멈추게 할 정도였으면 좋겠어요. 등등.

그렇게 터무니없는 이상형을 말하는 사람을 단 한 번도 보지 못한 것이다. 물론 겉으로 말하지 못한 자신만의 이상형이 더 있을 것이다. 외모와 재력, 성격, 사람마다 기준이 다 다를 뿐이지 하나도 안 본다고 이야기하는 건 거짓말일 테니까.

대부분 이상형을 물어보면 이런 대답을 한다.

공감 능력이 좋았으면 좋겠어요. 한결같았으면 좋겠어요. 자신감이 있었으면 좋겠어요. 성실했으면 좋겠어요. 연락이 잘 됐으면 좋겠어요. 자기의 삶에 최선을 다하는 사람이었으면 좋겠어요. 저를 우선순위로 두는 사람이었으면 좋겠어요. 말을 예쁘게 하고 예의가 있는 사람이었으면 좋겠어요. 저랑 취향이 비슷했으면 좋겠어요. 편안한 사람이었으면 좋겠어요. 웃는 게 예뻤으면 좋겠어요…

그렇게 대답하는 사람들이 가식 떠는 건 절대 아니라고 생각한다. 나도 그런 사람을 원했기 때문이다. 심지어 위에서 말한 것들을 모두 다 갖추고 있는 사람을 원하지도 않는다. 자신이 중요하다고 생각하는 가치에 맞춰서 몇 개만 원할 뿐이다. 사람들이 보통 이상형이라고 이야기하는 것을 모아본다면 위에 쓴 것과 그다지 다르지 않을 것이다. 그리고 아주 객관적으로 사람들이 흔히 말하는 이상형이라는 게 정말 말도 안 되게 어려운 일인가, 그렇지 않은가를 물어본다면 그렇지 않은 쪽에 가깝다고 생각한다.

정말 터무니없는 것을 원하는 건 아니지 않은가.
예의 있는 사람 누가 안 좋아하겠는가.
공감 능력도 하나의 지능인데 있으면 좋은 거 아닌가.
성실하고 책임감 있고 사랑하는 사람을 우선순위에 두는 거 그게 뭐 그렇게 큰일을 바라는 것인가.

하지만 도통 그런 사람을 만나기 어려운 건 많은 사람이 원하는 이상형이 흔히 말하는 '보통'에 가깝기 때문이 아닐까. 특별하고 비범한 삶보다 오히려 보통의 삶을 사는 게 가장 어려운 것처럼 어쩌면 우리가 원하는 이상형이 지극히 보통이라 더 어려운 게 아닐까, 생각해봤다.

마중

데리러 갈게.
그 말 한마디를 지키기 위해
오후 세시에 출발해서
집에 돌아오니 새벽 한시였다.

그날 하루에 운전한 거리는
왕복 600km가 넘었다.

그 이야기를 들은 사람들은 모두
어떻게 그럴 수 있냐고 물었다.
데리러 간다는 말이
적용될 수 있는 거리냐며.

그럴 수 있었던 이유는
생각보다 간단하다.

사람은 뭔가를 할 때면 항상
여기까지, 라는 기준이 생기기 마련이다.
여기까지만 놀아야지. 여기까지만 해야지.
여기까지만 봐야지. 여기까지만 마셔야지.

하지만 그 여기까지라는 기준이
단 하나도 적용되지 않는 영역이 있다.

그게 바로 사랑이다.

살아온 삶

추앙합니다.

2022년의 가장 뜨거운 문장이 아니었을까. 드라마 〈나의 해방일지〉를 안 본 사람도 저 대사는 알지도 모른다. 주인공인 미정이가 구 씨에게 한 말이다. 나는 사랑으로는 안 된다. 가득 채워지고 싶으니 나를 추앙해달라면서 한 말이었다.

드라마 이야기를 한번 해볼까 한다. 처음 그 드라마를 봤을 땐 구 씨와 미정이의 사랑에 가장 관심이 갔다. 시간이 날 때마다 몇 번 다시 보자 이번에는 다른 사랑이 더 눈에 들어오기 시작했다. 기정이와 태훈의 만남은 평범하지 않았다. 친구들과 어느 저녁에 술 한잔 마시면서 소개팅 다녀온 이야기를 하고 있던 기정은 연애가 뜻대로 잘 풀리지 않자 소개팅 나온 남자를 흉보기 시작했다. 중학생인 애도 있고 이혼도 했다면서 말이다.

그때 옆에서 태훈은 딸과 함께 밥을 먹고 있었다. 태훈은 이혼하고 아이를 혼자 키우고 있었고 심지어 딸 역시 중학생이었다. 기정은 그렇게, 태훈을 겨냥하고 한 말은 아니지만 누가 봐도 바로 옆자리에 앉은 태훈과 같은 처지인 사람을 비난하는 중이었다. 친구들은 옆 테이블에서 아이와 단둘이 밥을 먹고 있는 태훈을 보며 말이 점점 없어졌는데 기정은 그것도 눈치채지 못하고 험담을 계속 이어갔다. 그러다 너무도 뒤늦게 눈치챈 기정이 자리를 얼른 피해야 할 거 같아서 일어나다가 그만 립스틱을 떨어트렸는데, 그 립스틱이 태훈의 발 앞에 멈춰 서는 것으로 둘은 엮이기 시작한다.

알고 보니 태훈은 기정의 동생 미정이와 같은 회사를 다니고 있었고
심지어 또 알고 보니 태훈은 기정의 고교 동창의 동생이기도 했으며…
이런 식으로 이야기가 이어진다.

회차가 진행될수록 별의별 일을 다 겪은 둘은 점점 더 서로에게 호감을 느끼게 된다. 그러다 결정적인 사건이 하나 생긴다. 태훈이 기정에게 술을 사기로 한 날이었다. 평소 인기가 많던 식당이지만 갑자기 자리가 나는 바람에 차를 두고 올 수 없었던 태훈은 차를 가게 앞에다가 주차하고 기정을 만난

다. 그때 가게 앞에 차를 좀 빼달라는 전화가 온 것이다. 태훈은 잠깐만 기다려 달라고 말하고는 주차할 다른 곳을 찾아 나선다. 하지만 자리가 없어도 너무 없는 바람에 술집과 너무 먼 곳에 주차를 하게 된다. 기정이 기다리고 있을 테니 땀을 한가득 흘리며 전력으로 달린다.

 숨도 고르지 못한 채 죄송하다는 말을 시작으로
 차를 안 가져왔어야 하는데 갑자기 연락이 오는 바람에.
 맥주 이거 다 식었겠죠? 바꿔 달라고 할까요?

말을 쏟아 내기 시작한다.

이야기를 듣던 기정은 이렇게 대답한다.

 괜찮아요. 좀 쉬세요.
 1분만 쉬세요.

그렇게 정말 태훈은 1분간 아무 말 하지 않고 숨을 고른다.

그때 기정은 한마디 더 한다.

 뭐 하러 뛰어와요.

태훈은 대답한다.

차를 너무 멀리 대서요.

그리고 그날 태훈은 기정이에게 마음을 고백한다.

어쩌면 그 짧은 순간, 태훈에게는 기정의 말이 이렇게 들리지 않았을까?

주차 멀리했다고 이렇게 뛰어올 정도면
그동안 얼마나 치열하게 살았어요?
정말 괜찮은 일인데 이렇게 미안하다고 말할 정도면
그동안 얼마나 많이 마음 쓰고 살았어요?

잠깐만 쉬어요.
정말 잠깐만 쉬어요.

아내와 이혼하고 혼자 아이를 키우며 직장 생활까지 해야 했던 그동안의 삶을 한 번에 다 안아주는 말이 아니었을까. 어떤 삶을 살았든 지나온 삶을 한 번에 안아주는 것 같은 기분이 드는 사람. 그런 사람을 만나는 것이야말로 진정한 추앙이 아닐까 생각해봤다.

고생했네요, 힘들었겠어요.
잘 자라줘서 고마워요.

라고 말해주는 것 같은 사람.

3부

꽃

나는 벚꽃보다는 장미가 더 좋다.
둘 다 예쁘지만
벚꽃은 너무 금방 져서 슬프달까?
장미는 오래 펴 있으니까
좀 덜 슬퍼서 좋다.

장미가 언제 피냐고?

우리가 같이 작은 모퉁이 가게에서 술 마셨던 계절.
그때쯤 펴.

당신 생일쯤 지고.

영원한 사랑

둘이 함께 장을 봅니다. 같이 야식을 만들고 영화를 틀어놓고 아무 생각 없이 수다를 떨어요. 행복하다, 진짜 행복하다는 말이 저절로 나오는 순간이죠. 그러다 사소한 것으로 다툼이 생겨요. 행복해서 미칠 지경이었던 날에 헤어지는 거죠. 그리고는 서로 평생을 못 보고 살 수도 있어요. 다녀오겠습니다 혹은 다녀오시라는 말을 뱉고 익숙한 집을 나서요. 근데 그 사람이 돌아오지 않는 거예요. 집으로 돌아갔는데 아무도 없는 거예요. 그 어떤 신호도 없이 평범한 날이었는데 그 사람을 세상에서 영원히 데려가 버릴 수도 있죠. 아니면 내가 갑자기 세상을 떠날 수도 있어요. 비관적인 이야기를 하고 싶은 게 아니에요. 그냥 제가 살아온 삶에서 느낀 사랑과 삶은 덧없음 그 자체였거든요. 아, 진짜 인생 덧없다. 사랑 덧없다는 생각을 정말 많이 하면서 살았어요. 그러니 우리 함께하는 동안 서로에게만큼은 최선을 다하기로 해요. 자주 봐요. 자주 걷고 자주 사랑한다고 말해요. 다툴 순 있어도 미워하진 말아요. 헤어질 수도 있겠죠. 언젠가 사람은 죽겠죠. 한순간에 모든 게 끝날 수도 있지만 그렇기 때문에 어떤 거짓도 없이 서로에게 집중하기로 해요. 인생과 사랑이 덧없는 것만큼 우리에게 주어진 시간이 세상에서 가장 귀한 거라고 생각해요. 당연한 사이가 아니라 선물 같은 사이라고 생각해요. 그래서 우리 함께하는 동안 서로에게만큼은 최선을 다하기로 해요. 그럼 끝이 있는 모든 게 다 영원하게 느껴질 거예요. 이게 정말 영원한 사랑일 거예요.

표현

사람이 사람과 대화할 때 말이야. 무조건 언어만 사용하지는 않아. 몸짓이나 표정을 포함한 비언어적인 언어까지 포함하지. 그러니까, 내가 아무리 말로는 괜찮다고 말하더라도 얼굴이 굳어 있으면 그렇지 않아 보인다는 거야. 재밌다고 말하지만 입은 하나도 움직이지 않는다면 내가 정말 재밌어 한다고 아무도 생각하지 않을 테니까.

여행을 떠나면 지극히 혼자 있고 싶을 때가 있어. 지겨워서 도망쳐 온 거니까 아무리 낯선 나라가 주는 설렘이 있더라도 그 누구와도 말하고 싶지 않은 때가. 식당에 가면 대부분 인원이 몇 명이냐는 질문부터 해. 그게 어느 나라든, 어떤 말을 쓰는 곳이든 최소한 그 정도는 알아듣고 대답할 수 있지만 난 그냥 손가락 하나만 펴서 보여주고는 아무 말도 하지 않아. 그럼 나한테 정말 아무도 말을 걸지 않거든. 되게 낮은 목소리로 혼자 왔다고 말하는 것보다 무표정으로 이야기하는 것보다 손가락 하나 들고 세상 피곤하다는 듯이 들어가는 게 더 효과가 있는 거야.

가끔은 언어적 표현보다 비언어적 표현이 더 자세히 느껴질 때가 있지.

그래서 난 네가 유독 지쳐 보이는 날, 힘들지, 말하기보다는 먼저 와락 안아버릴 거야. 아무 말 없이 몇 분간 꽉 껴안고는 내 숨소리로 내 체온으로 내 살결로 말할 거야. 고생 많았다고. 많은 사랑이 그러하듯 느끼고 느껴도 또 느끼고 싶어서 너를 얼마나 사랑하느냐고 물어본다면 말보다 그냥 네 눈을 빤히 바라볼 거야. 도저히 속일 수 없는 마음의 창으로 너에게 계속 말할 거야. 사랑해, 사랑해. 내 전부를 주어도 괜찮을 만큼 사랑한다고.

낯선 통화

　연희동에 새로운 공간을 얻으면서 인테리어 상담을 받았다. 별로 할 게 없다면 내가 그냥 친구들과 해버리면 그만이겠지만 이건 전문가가 손을 대야 하는 영역이었다. 최대한 빨리 공사가 끝나고 입주를 했으면 하는 마음에 견적을 하루에 몰아서 봤다. 무려 여섯 곳의 업체랑.

　역시 이렇게 내가 잘 모르는 분야는 최대한 많은 사람을 만나보면 좋은 게 정말 금액 차이가 커도 너무 큰 것이다. 가장 저렴한 곳과 가장 비싼 곳은 무려 3배나 차이가 났다. 금액이 비슷한 곳 중에서 최대한 잘해줄 것 같은 곳을 골라서 계약을 마쳤다. 견적을 보러 와 주신 분들께 이러이러한 사정으로 인하여 다른 곳과 하게 됐다는 연락을 돌렸는데, 그 중 한 분만이 답장을 보내왔다. 글자 하나하나가 투박했지만 나름의 예의와 품격이 느껴지는 메시지였다.

네알겠습니다.

모좀하나 여쭈어도 될까요?

시간 되시면 간단한 질문 하나 답변 부탁드릴게요.

연락주세요.

　도무지 어떤 게 궁금하신 건지 나도 궁금해서 전화를 걸었다. 그분이 나에게 여쭤본 건 내가 정말 예상할 수도 없는 거였다.

　왜 다른 분들을 선택하셨는지

　그 이유를 좀 물어봐도 될까요?

　그분의 이야기는 그랬다. 자신은 인테리어를 한지도 오래됐고 SNS에 작업과 관련된 게시물을 많이 올릴 정도로 열심히 하고 또 공사할 때 보수할 일 없이 제대로 하자는 주의인데 이상하게 점점 사람들에게 선택을 받지 못한다고 했다. 그러고보니 인테리어 견적을 봐줄 수 있냐고 관련된 카페에 글을 올렸을 때 그 분이 연락을 제일 먼저 주셨었다. 정말 빠르게. 그래서 나는 그분에게 도움이 될까 싶어 최대한 진심으로 답변을 했다.

　사실 공사 비용은 정말 딱 중간이셨고 설명하실 때 꼼꼼하게 잘 해주실 것 같았는데 아무래도 저처럼 여유롭지 않은 사람들은 금액이 제일 문제라고. 그래서 제일 저렴한 곳 중에서 제일 잘해주실 거 같은 분에게 연락을 드렸다고 대답했다.

그쵸, 사실 비용이 제일 문제죠. 말씀해 주서서 고마워요. 저도 개선할 점을 찾아야 하니까. 그래서 여쭤봤습니다. 감사합니다.

그렇게 짧은 대화가 끝나고 저녁 반찬을 사러 거리를 걷는데 마음이 축축한 것이다. 이 길 위에만 해도 이렇게 많은 사람이 있고 이렇게 많은 가게가 있고 이렇게 많은 삶이 있다.

감사하게도 지금 나는 사람들에게 선택을 받는 위치다. SNS에 게시물을 올리면 반응을 해주고 뭔가를 기획해서 세상에 내놓으면 사랑도 받는다. 여기까지 올라오는 게 절대 쉽지만은 않았지만 그 노력과는 별게로 너무 감사한 일인 것이다.

하지만 언제까지 이 선택이 유지될까?

선택받을 때까지 올라오는 것도 힘든데 그 선택받는 것을 계속 유지하는 것 역시 똑같이 어렵다. 꼭 창작자, 예술가와 같은 직업을 가진 사람들만 선택을 받아야하는 건 아니다.

다 자신만의 위치에서 어느정도 선택을 받으며 살아가니까 인간은.

언젠가 사람들에게 읽히지 않는 날이 오겠지?
언젠가 선택받지 않는 날이 오겠지?
그럼 그날을 최대한 늦추고 또 늦추려면 무엇을 해야 할까?

생각이 많아지는 밤이다.

좋게 좋게

아니, 이건 좀 너무하잖아요.
참다 참다가 도저히 안 될 것 같아서
딱 한 번 언성을 높였다.

그러니 그 전까지 네, 감사합니다. 잘 부탁드려요.
좋게 말할 땐 다 자신들 좋은 쪽으로만 하더니
이제 와서 뭐 죄송하네 방법을 찾아보네 마네
전화를 몇 통씩 하는 게 아닌가.

왜 꼭 이렇게 언성을 높이면서 이야기해야
그때부터 뭔가 시작되는 걸까.
좋게 좋게 말하고
서로 지킬 건 지키고 조금씩만 양보하면서 하면
그 어느 누구도 얼굴을 붉히지 않아도 되는데

그렇게 해서 제대로 진행된 적이 없다.

좋은 게 좋은 거라는 건
소수에게만 해당하는 이야기 같다.

나쁘게 사는 것

새로운 목표가 있냐는 질문에
착하게 살지 않기라고 대답했다.
의도한 건 아니었는데 그 어떤 것을 할 때
보통 생각하는 착하다는 것에
기준을 많이 두었던 것 같다.

그래서 모두가 행복해졌다면 모르겠지만
그 속에서 나는 점점 더 작아지고 지쳐갔다.

이제는 나쁘게 살기가 내 목표다.

근데 웃긴 건
나쁘게 살기라고 말하면
너무 나쁜 것 같아서
착하게 살지 않기라고 말하고 싶다는 것이다.

착하게 살지 않기라고 말하면
그다지 많이 안 달라질 거 같은데
괜히 너무 강하게 이야기하는 것 같아서
나쁘게 살기라는 말은 또 차마 못하는 것이다.

그러니 이렇게 사는 게 아닐까 했다.

그 말이 뭐 얼마나 잘못된 말이라고.

최고의 표현

   사랑을 하면 여러 감정을 느낀다. 분에 넘치게 행복하기도 하고 때로는 미움이 생기기도 한다. 어떤 순간에는 너무 사랑하기 때문에 곁에 있어도 그리울 때가 있다. 다른 사람이라면 괜찮았을지도 모르는 일이 내 연인이 그랬다면 당황스러울 정도로 서운하게 느껴진 적도 있다. 긍정적인 감정뿐만 아니라 많이 사랑하기 때문에 필연으로 느낄 수밖에 없는 부정적인 감정까지도 사랑에 포함된다.

   사랑이 그렇게 복합적인 감정이라면 사랑하는 사이에서 줄 수 있는 최고의 감정은 무엇일까?

   그건 바로 편안함이 아닐까. 안정과 편안함.

생각해보면 현관을 열고 집을 나서는 순간부터 혹은 가장 편안하고 솔직해야 할 집 안에서조차 긴장할 때가 있다. 마음이 편하지 않을 때도 많다. 인간은 기본적으로 불안이나 걱정이 많은 존재다. 그런 존재에게 편안함을 안겨주는 대상이 있다면 얼마나 좋을까. 그리고 만약 그 대상이 내가 사랑하는 사람이라면?

오랜 여행을 끝내고 집으로 돌아와 침대에 눕던 순간.
종일 바쁘게 지내다 집으로 들어와 늦게 차려 먹는 저녁.
잘해보겠다고 아등바등했지만
실수만 가득한 하루를 보내고 있을 때 받은 친구의 반가운 연락.
손과 발이 모두 얼어버릴 정도로 추운 날
나를 따뜻하게 덮어주던 이불 같은 그런 편안함.

한 사람과 잠깐만 껴안고 있어도 세상 모든 걱정과 근심, 불안이 다 사라지는 것 같은 기분을 건네주는 것이야말로 사랑의 진정한 아름다움이 아닐까. 사랑한다는 이유로 불안하게 하고 사랑한다는 이유로 아프게 하는 관계도 정말 많으니 말이다. 편안함과 이루 말할 수 없는 안정. 쉽게 얻을 수 있는 감정이라고 생각할 수 있으나 당연한 게 가장 소중하고 평범한 게 가장 어려운 것처럼 쉽게 얻을 수 있는 감정은 절대 아니다.

당신과 있으면 너무 편안해.

그 말은 두 사람의 사랑이 얼마나 깊은지
여지없이 보여주는 말이다.

삶의 바닥까지 내려갔다가 깨달은 것들

1.망하려면 생각보다 멀었다. 한 인간이 회복할 수 없을 만큼 망하는 일은 잘 일어나지 않는다.

2.모든 문제는 침대에서 일어난다. 침대에서 얼른 벗어나야 한다.

3.휴대폰도 마찬가지다. 가급적 휴대폰을 멀리하고 눈 앞에 보이는 것에 집중하는 것만으로도 머리가 맑아진다.

4.산책, 걷기, 운동, 일기처럼 많은 정신과 의사나 심리학자가 말하는 해결책은 분명 이유가 있다. 속는 셈 치고 시도해봐도 좋다.

5. 단, 한 번에 바뀔 거라는 기대는 하면 안 된다. 조금씩 조금씩 괜찮아지는 것이다. 한 번에 바뀔 거였으면 바닥까지 내려가지도 않았다.

6. 생각만해도 눈물나는 사람이 있을 것이다. 그 사람 얼굴을 자꾸 떠올려라. 그럼 나쁜 선택은 막을 수 있다.

7. 누군가가 나를 구해줄 거라고 생각하지 말자. 결국 끝까지 내 편인 사람은 나 자신밖에 없다.

8. 과거는 보내줘야 한다. 과거의 어떤 기억에 사로잡혀 있으면 정말이지 아무것도 할 수가 없다.

9. 생각보다 시간은 우리가 생각하는 것만큼 가볍게 흘러가지 않는다. 일이 년 사이에 정말 많은 일이 일어날 수 있다. 그러니 정말 늦은 때란 없다. 오늘이 이겨내기 제일 좋은 날이다. 오늘이 시작하기 제일 좋은 날이다. 오늘이 용서하기 제일 좋은 날이다.

실수

일을 하다 보면 작은 실수에도 예민하게 반응할 때가 있다. 괜찮다며 그냥 넘어갈 수도 있는 일이 도저히 넘어가지지 않을 때가 있다. 흔히 멘탈이 터진다고 표현하는 그런 순간. 그럴 때마다 자기 자신이 나약하거나 실력이 없다고 생각하는 경우가 많은데 사실 멘탈이 터진다는 건 그만큼 진심이라는 뜻이다. 단순히 취미로 노래를 배우러 학원에 갔는데 재능이 없다고 하거나 음치라는 소리를 들으면 그냥 웃어넘길 수 있다. 아니면 조금 당황하는 정도로 끝날 수 있는 일이다. 하지만 노래를 하는 게 꿈이라면 부정적인 의견을 들었을 때 정신이 남아나질 않을 것이다. 내가 정말 잘하고 싶은 일이었으니까. 어떤 일이 내 자존감이나 기분을 쉽게 바꿀 만큼 큰 영향력을 가진다는 건 그만큼 나한테 중요한 일이고 내가 잘하고 싶은 일일 확률이 높다. 여기서 두 가지 사실이 중요한 것 같다. 하나는 만약 어떤 일을 해야 하는지 잘 모르겠다면 내가 어떤 것에 예민하게 반응하는지를 보면 좋다는 것과 만약 내가 어떤 일 앞에서 멘탈이 무너진다면 능력과 상관없이 나한테 중요한 일이라서 그런 거라고 생각하면 된다.

결혼과 이해

요즘엔 정말 기억이 가물가물하다. 대화와 글이 섞여 이 이야기를 여기서 썼었나? 아니면 누군가와 대화할 때 말했었나? 헷갈리는 게 한둘이 아니다. 하지만 지금 하는 얘기는 내 기억이 맞다면 글로는 처음 쓰는 이야기일 것이다. 혹여나 옛날에 어느 정도 말한 적이 있더라도 정말 처음 하는 이야기도 담겨 있을 테니 너그럽게 읽어주시길.

결혼에 관한 이야기를 해볼까 한다.

내 학창 시절 친구들은 거의 다 결혼을 했다. 아직 연락하고 지내는 사람 중에서 가정을 꾸리지 않은 사람은 나밖에 없다. 불과 2년 전까지만 해도 절대 결혼 생각이 없었다. 20대 때는 하고 싶은 게 너무 많기도 했고 경제적으로 여유도 없었으며 그때 나한테 제일 중요한 건 아픈 아버지 옆을 지키는 거였기에 결혼에 대한 생각을 할 틈이 없었다. 하고 싶다는 욕구도 없었고.

이제는 아버지의 빈자리를 일로 메꾸다 보니 어느 정도 경제적인 여유가 생기기 시작했다. 그러면서 그동안 조카들이 무럭무럭 자라나는 걸 보며, 또 조카 손을 잡고 걸을 때 느껴지던 그 말할 수 없는 울컥함을 느끼며 결혼에 대한 생각이 조금씩 자리 잡기 시작하는 것이다. 결혼도 제법 괜찮을 것 같은데 하고.

하지만 지금부터 할 이야기가 중요하다.

그런데도 여전히 결혼에 대해 떠올리면 두려움이 더 크다. 그건 내가 과연 결혼 생활을 잘 할 수 있을까? 가정을 책임지고 좋은 아빠 좋은 남편이 될 수 있을까? 하는 문제는 아니다. 내가 진짜 걱정하는 건 결혼을 하고 자식을 낳게 되면 부모님을 이해할 것 같아서다.

연인과 함께 집에 있을 때였다. 그날따라 해야 할 일이 많아서 그녀는 방에서 먼저 잠을 청했다. 서재에서 일을 하고 있었는데 도무지 진전도 없고 집중도 안 돼서 늦은 시간이었지만 커피가 필요했다. 거실로 나가 원두를 갈려고 하는데 방에서 자고 있는 그녀가 생각나는 것이다. 조용히 그라인더를 서재로 가져왔다. 서재에서 조용히 원두를 갈고는 거실에서 커피를 내리고 기다리는 동안 냉동실 문을 조심스럽게 열어 얼음을 조용조용하게 꺼내서 컵에 넣는데 그만 왈칵 눈물이 나는 것이다.

아 맞다. 그때 그랬었지.

아버지는 자고 싶을 때 자고 일어나고 싶을 때 일어나는 생활 패턴이었기 때문에 불면증이 심했던 나와 마찰이 있을 때가 많았다. 나는 아버지가 나를 배려해주지 않는다고 생각했던 적이 많았다. 그러던 어느 날, 새벽에 잠에서 깬 아버지가 출출하셨는지 뭘 만들어 드시려고 하는 모양이었다. 그때 그 집은 정말 좁았기에 소리가 잘 들려도 너무 잘 들렸다. 아버진 뭔가를 갈아야 하는 음식을 만들려고 하셨는데 내가 잠에서 깰까 봐 믹서기를 안방으로 가지고 가서는 이불로 감싸서 돌리기 시작했다. 자려고 누운 지 얼마 안 됐을 때라 그 소리들을 생생히 들으면서 마음이 이상했었는데 지금은 내가 그러고 있는 것이다.

또 한 번은 겨우 잠들었는데 아버지가 티브이 보는 소리에
깨서 거실로 나가 그렇게 난리 난리를 쳤다. 근데 지금 내가
얼음조차도 조심스럽게 넣는 걸 보면, 그때 아버지도 거의 들
릴 듯 말 듯 소리를 가장 낮추셨을 텐데. 나와 굉장히 닮은 사
람이었으니까.

서재로 들어와 커피를 한 입 마시고 의자에 기대어 얼마나
미안하고 보고 싶었는지. 그리고 이걸 말할 수가 없어서 얼마
나 가슴께가 답답했는지.

이런 내가 결혼을 해서 아이를 낳고 그 아이가 커가는 모습
을 보면 얼마나 더 많은 것을 이해하게 될까? 그럼 난 과연 그
것을 감당할 수 있을까? 자신이 없다.

어느 정도로 자신이 없느냐면.
내가 가장 사랑하는 사람이 나에게 이렇게 말하는 것이다.

당신은 나와 가정을 꾸릴 생각이 없죠? 근데 나는 가정을
꾸리고 싶어요.
그러니 나는 당신을 사랑하지만 우리 여기까지 해요.

그럼 난 그녀를 잡아보겠다고 손을 살짝 들었다가 결국 그녀가 원하는 삶에 내가 함께 갈 수 없다는 사실을 받아들이고 그녀를 보내주겠지. 그러고는 같이 살아보고 싶었던 여자가 내가 아닌 사람과 함께 살아가는 소식을 전해 듣겠지. 사는 게 죽도록 지겨워서 어느 산골에 혼자 터를 잡고 동물들과 함께 삶을 살다가 내 인생이 끝나기 하루 전날, 커피나 한잔 마시면서 이렇게 말할 것이다.

내가 그 사람 진짜 많이 사랑했는데.

이 모든 후회의 시간을 보내더라도 결혼을 하고 아이를 낳고 기르면서 부모님을 이해하는 것보다는 덜 아플 것 같다는 생각이 종종 든다. 나는 살면서 뭔가를 무서워해본 적이 없다. 부끄러워한 적은 많았어도 무섭고 두려운 적은 없었는데 딱 두 가지는 두려웠다.

하나는 사랑하는 가족을 잃는 것이고
또 다른 하나는 이미 세상에 없는 사람을 이해해버리는 일이었다.

그래서 난 여전히 결혼이 두렵다. 세상에서 가장.

건강

점점 이해가 되기 시작한다.

어른들이 꽃이나 나무 사진으로 프로필 사진을 해놓는 것이.

계절마다 피어나는 꽃이나 나무를 볼 때면 얼마나 예쁜지
모른다.

때로는 사람보다 훨씬 더 나을 때가 있다.

또 점점 더 이해되기 시작하는 건 건강이 최고라는 말이다.

어렸을 때 어른들이 항상 건강이 최고라는 말을 하고는 했
었다. 그 이야기를 들을 때면 뭐 그렇게 뻔한 말을 하는 건가
싶었는데 점점 건강이 최고라는 생각이 든다. 건강하다는 건
몸뿐만 아니라 올바른 마음과 맑은 정신을 가지고 지낸다는
뜻이기도 하니까. 별일 없이 무탈한 하루를 뜻하기도 하니까.

다른 건 다 몰라도 정말 건강했으면 좋겠다.
우리가.

나만의 공간

내가 기억하는 엄마의 모습은 그렇게 많지 않다.

유치원 버스를 기다리면서 나랑 같이 공놀이를 해주던 장면.

초등학교 때 친구랑 같이 집에서 숙제할 때

정말 귀찮을 정도로 물어봤지만 차근차근 하나씩 설명해주던 기억.

운동회 날 누나는 금방 찾았는데

나를 찾느라 한참 걸렸다고 이야기하던 기억.

일요일 아침에 만화 영화를 틀어놓고 밥을 함께 먹던 거 등등.

뭐 이 정도다.

초등학교 4학년, 그러니까 11살까지 엄마와 함께 살면서 지금까지 기억하는 일들은 손에 꼽을 수 있다. 하지만 지금 말한 것처럼 어떤 특정한 순간 말고 또 기억나는 게 있는데 그건 바로 엄마의 뒷모습이다. 낮잠을 자다가 거실로 나갔을 때, 학교에서 돌아와 집으로 들어왔을 때, 친구들과 놀다가 집에 왔을 때, 어느 순간이든 엄마는 항상 부엌에 있었다. 엄마를 떠올리면 항상 부엌에 있었던 그 뒷모습이 먼저 떠오른다.

그땐 어린 마음에 엄마가 부엌을 좋아하는 줄 알았다. 마치 내가 게임하는 걸 좋아하는 것처럼 엄마는 부엌에서 하는 일들을 좋아하는 게 아니었을까 하고.

엄마가 돌아가시고 누나가 성인이 되어 독립하고 나서는 아빠와 단둘이 살았다. 우리 부자는 다른 부자지간보다 더하면 더했지 덜하지는 않았을 정도로 자주 티격태격했다. 부모와 자식이 티격태격한다는 게 맞는 표현은 아니라고 생각할지도 모르겠으나 우리 집 환경에서는 그랬다. 다투는 이유도 정말 무궁무진했다.

아빠가 돌아가시고 같이 살던 집을 정리했다. 다른 동네로 이사 가기 하루 전날 가만히 혼자 집을 천천히 걸었던 적이 있다. 좁고 또 좁은 집이었기에 몇 걸음 걷지 않아도 됐지만 집 안을 산책하듯 걸으며 그 집에서 있었던 아빠와의 추억을 떠올려봤다. 몇 가지는 기억났고 또 몇 가지는 기억하려고 애를 써봤지만 도무지 떠오르는 게 없기도 했다. 하지만 그 틈으로 선명하게 기억나는 모습이 있었는데 그것 역시 아빠의 뒷모습이었다. 아빠도 엄마처럼 항상 부엌에 있었다. 내 저녁을 차려줄 때도 또 나랑 다퉈서 집안 분위기가 서먹서먹했을 때도 아빠가 뭔가 고민이 있어 보일 때도.

이제 완전히 혼자 살게 됐을 때 이사 온 집에서 내가 가장 많은 시간을 보낼 곳은 서재라고 생각했다. 하지만 그곳은 예상외로 서재가 아니라 부엌이었다. 엄마와 아빠처럼. 부엌에서 이것저것 치우거나 요리를 할 때야 비로소 뭔가 나만의 공간에 있는 것 같은 기분이 들기 때문이었다. 혼자 있지만 혼자 있는 거 같지 않고 분명 나 혼자 있는 집인데 여기서도 내 공간이 따로 필요하다고 느껴질 때 부엌에서 시간을 보내면 기분이 괜찮아지고는 했다.

어쩌면 어릴 때 엄마가 주방에 자주 있었던 것도 그런 이유 때문 아니었을까. 아빠가 서울로 일하러 간 탓에 안방에는 엄마 혼자 있어야 했고 누나와 나는 작은 방에 있었고 거실은 함께하기에 너무 좁았으니 적적한 마음을 달래기에는 부엌이 제일이지 않았을까. 그 어린 누나와 나를 키우면서 엄마도 어려웠던 적이 많았을 텐데 그때 주방일을 하면서 잡생각을 털어버리곤 했던 게 아니었을까.

아빠가 나와 다퉜을 때, 그리고 고민이 있었을 때 그 복잡한 감정을 달래기에도 주방이 가장 좋았던 게 아니었을까 싶다. 그곳은 아빠의 공간이었고 엄마의 공간이었으니까. 그곳에 가면 뭔가 해야 할 일이 있고 그것을 하다 보면 마음이 좀 차분해지고는 했을 테니까. 아무리 집은 같이 사는 곳이고 같이 생활하는 공간이라지만 그래도 그 안에 마음이 좀 쉴 수 있는 나만의 공간이 있으면 좋으니까. 뭔가를 하면서 아무 생각도 안 할 수 있으면 더 좋으니까. 그래서 그렇게 엄마와 아빠가 늘 부엌에 있지 않았나 하는 생각을 해본다.

그리움

엄마는 남은 유품도 거의 없다. 워낙 어릴 때 돌아가시기도 했고 엄마가 돌아가신 이후로 지역을 옮기는 큰 이사를 몇 번이나 했기 때문이다. 집은 점점 더 작아졌으며 여전히 나는 어렸기에 엄마 물건을 챙기자고 말할 수 있는 그런 상황도 아니었다. 누나와 내 앨범 사이에 껴 있는 앨범 하나. 그리고 이사할 때 책장에 같이 껴서 따라온 책 네 권이 전부다.

어릴 때부터 쓰던 책장을 스무 살까지 썼다. 스무 살이 되던 해 반지하에서 난생처음 아파트로 이사할 때 버렸지만 엄마가 읽던 책은 따로 챙겨뒀던 기억이 있다. 그때까지만 해도 절대 몰랐을 것이다. 내가 이렇게 글을 쓰면서 살게 될 줄은.

지금 집으로 이사했을 때도 엄마가 읽던 책은 잘 챙겨왔다. 서재에 새로 산 책장에 책을 정리하면서 시집, 고전문학, 예전에 읽은 책으로 나름의 분류를 했다. 엄마가 읽던 책은 내가 좋아하는 고전문학들과 같은 칸에 두었다.

여느 날처럼 서재에서 글을 쓰고 있었는데 머리가 꽉 막힌 것처럼 아무것도 떠오르지 않았다. 그만 쓰고 책을 읽는 게 좋을 것 같아 책장을 두리번거리다 엄마가 읽었던 책에 눈길이 갔다. 그러고 보니 한 번도 제대로 펼쳐본 적이 없었다. 글을 업으로 삼기 전에는 그냥 책에 불과했지만 이게 업이 되고 난 이후에 바라보니 엄마가 어떤 마음으로 저걸 읽었을지 궁금하기도 하고 어떤 책일지도 궁금했다. 책에는 세월의 흔적이 가득 묻어 있었다. 종이는 바랠 대로 바래 있었고 디자인도 옛날 느낌이 가득했다. 하나씩 훑어보다가 그만 멈칫했다. 중간에 책갈피가 하나 끼워져 있었기 때문이다.

그때 우리 가족이 다 같이 함께 살던 동네 이름이 적혀 있는 책갈피였다.

한아름 서적
원통 터미널 앞.

그러고 보니 어릴 때 종종 책을 사러 갔던 기억이 있는데 그 서점 이름이 한아름 서적이었구나. 그 작은 책갈피를 보자 마음이 얼마나 이상해졌는지 모른다. 그러니까 20년도 한참 전에 엄마가 여기까지 읽고 책갈피를 고이 넣어두었다는 거 아닌가. 책갈피를 꺼내서 자세히 보고 싶지만 내가 만지면 옅게 남아있는 엄마의 마지막 손길이 사라질 것만 같아서 그냥 눈으로 구경하다가 다시 책을 고이 덮었다.

사적인 위로

밥 먹으러 가자. 아직 저녁 먹기에는 이른 시간이었지만 무작정 친구를 데리고 근처 식당으로 간 건 유독 그 친구가 오늘 힘들어 보였기 때문이다. 이 친구는 맛있는 걸 먹고 나면 조금은 힘이 나는 사람이라는 걸 나는 알고 있다. 열심히 준비한 프로젝트가 끝나고 아쉬웠던 것에 대해 오래 생각할 때 누나한테 연락이 왔다. 또 너 잘 못한 것만 생각하지? 그런 일 해낸다는 거 자체가 쉬운 일 아니니까 스스로 칭찬도 해줘. 왜 유독 가까운 사람들의 말은 위로가 되는 걸까? 그들이 나에게 건네는 말이 지극히 사적인 위로이기 때문일지도 모른다. 마치 나에게 딱 맞는 옷처럼 정말 필요했던 위로라서.

정류장

자신의 인생이 최악이라고 생각될 때
혹은 두려울 만큼 행복할 때.
어느 상황에서 떠오르는 사람이 더 애틋한 사람일까?

누군가의 앞에서 웃는 게 더 쉬울까
우는 게 더 쉬울까.

내가 바라는 게 하나 있다면 기쁠 땐
누구를 만나고 어디를 가도 괜찮으니
삶이 최악처럼 느껴지는 날에는 나에게 왔으면 좋겠다.
한철 머물다 가는 봄꽃처럼 닿자마자 사라지는 첫눈처럼
막차를 기다리는 정류장처럼 잠시여도 좋다.
사랑은 더 사랑하는 쪽이 더 아프고 더 기다리는 법이라지만
사랑하는 사람을 위해서라면 몇 번이고 패배해도 좋을 테니까.

언덕

화장실이 집 밖에 있는 집에 살 땐
집에 화장실이 있었으면 소원이 없을 거 같았다.
집에 화장실이 있지만 반지하인 집에 살았을 땐
아파트로 이사 가면 소원이 없을 거 같았다.
아무것도 할 수 없어서 그저 눈물만 흘리던 시절엔
성인이 되면 소원이 없을 거 같았다.
공부하는 게 죽도록 싫었을 땐
대학에 가면 행복할 것만 같았고
사랑이 간절했을 땐 연인이 생기면
세상에서 내가 제일 행복할 거라 생각했다.

항상 그런 식이었다.
저 언덕만 넘으면
저 언덕만 넘으면 행복할 거야.
낙원이 있을 거야.

언제나 언덕을 넘으면 또 다른 언덕이 나왔지만
그 또 다른 언덕이 마지막이라고 생각하면서
악착같이 오르고 또 올랐다.

이제는 안다.
내가 지금 간절히 원하는 그것.
그것이 해결되더라도
절대 행복할 수만은 없다는 것을.

인생은 언덕을 넘고 낙원을 만나는 게 아니라
하나의 언덕을 넘고 그다음 언덕을 향해 가면서
평평한 평지를 사랑하는 사람과
제법 느긋하게 걷기도 하고
먼저 올라간 사람이 손을 내밀어 주기도 하고
힘들면 언덕 중간에서
시원한 바람 맞으며 잠깐 쉬었다 가는 거라는 걸.

무언가 하나를 넘겼다고 해서
절대 평온하고 절대 행복한 시간은
오지 않는다는 걸.
그래서 더 누군가와 함께해야 하는 게
삶이라는 걸.

사랑해야 한다.

더.

한강

퇴근길. 강남.

대한민국에 살고 있는 사람이라면 이 두 가지 단어만 말하더라도 길이 얼마나 막히는지 바로 감이 올 것이다. 친구가 강남에서 행사가 있었다. 사인회였는데 혼자 가기엔 너무 떨릴 것 같아서 동행했다. 한 시간 넘게 사인해야 하니 조금이라도 쉬어 갔으면 하는 마음에 내가 운전을 자처했다. 일찍 출발한다고 출발했는데 그만 퇴근길에 걸리는 바람에 20km도 안 되는 거리를 두 시간이나 걸려서 가게 됐다.

행사는 잘 마무리됐다. 그가 걱정했던 것보다 많은 사람이 와 주었고 행사를 도와주시는 분들도 너무 친절했기에 여러모로 좋은 경험이었다. 기다리는 김에 읽고 싶은 책도 몇 권 샀더니 어느덧 꽤 늦은 시각이었다. 다시 망원동으로 돌아오면서 이번에는 아까 왔던 길과 정반대 방향으로 달렸다.

이번에는 어땠을까? 아까처럼 오래 걸렸을까?

아니, 언제 그렇게 도로가 막혔냐는 듯이 한산했다.

뻥 뚫린 도로 옆 한강에는 유람선이 떠다니고 있었다. 서울에서 운전을 그렇게 오래 했는데 유람선이 움직이는 걸 본 건 처음이었다. 야경을 배경 삼아 한강 위를 달리던 유람선은 사진을 찍고 싶을 정도로 아름다웠다.

그래, 막히는 길을 갈 때가 있으면 이렇게 뻥 뚫린 도로를 달릴 때가 있지.

걱정 가득할 때가 있으면 늘어지게 긴장이 풀어지는 때가 있지.

슬픈 일이 있으면 반대로 좋은 일도 있지.

이 사실을 자꾸만 잊는다.

기다림

친구의 취업 소식이 마냥 기쁘지 않은 건
누군가의 결혼 소식이 마냥 축하해줄 일이 아닌 건
지인의 일이 잘 풀렸다는 소리를 들었을 때
마냥 편하게 웃을 수만은 없는 건
비교를 하게 되기 때문이다.

나 자신과.

비교는 불안을 만들고
불안은 곧 초조함을 만든다.
원래 내 속도로 흐르고 있던
내 안의 작은 시계를
빨리 감았다가 뒤로 감았다가
아예 다른 모양으로 바뀌버리는 것이다.

그럴 때마다 내가 어떤 것을
기다렸던 순간을 떠올린다.
언젠가 주문한 물건을 기다렸고
언젠가 사랑하는 사람을 기다렸고
언젠가 요리를 할 때
음식이 익을 때까지 기다렸고
언젠가 줄을 서서 식당에 들어간 적도 있었다.

살면서 무수히 많은 것을 기다리지 않는가.

다시 나에게 묻는다.

나는 나를 기다려준 적이 있는가?
나를 다그쳤던 것만큼 나를 기다려준 적이 있는가?

너 왜 그랬어? 라며 다그칠 때도 있지만
그럴 수 있는 일이야, 괜찮아 기다릴게, 라고
말해줄 때도 있어야 한다.

나 자신에게.

지금은 내가 나를 기다려 줘야 하는 시간.

경험

이사한 집에 지인이 놀러 왔을 때였다. 딱히 설명할 건 없는 집이지만 먼 길을 와준 것이 고마워 하나씩 설명을 했다. 그러다 서재에 들어갔을 때는 전보다도 더 길고 활발하게 이야기가 이어졌다. 그 지인은 내가 글 쓰는 줄 몰랐기 때문에 이렇게나 많은 책이 있다는 것을 제법 놀라워하는 것 같은 눈치였다. 책을 하나씩 구경하면서 이 많은 책을 다 읽었냐고 문길래 여기 있는 것보다 몇 배는 더 읽었다고 대답했다.

"저도 자기계발서 같은 것도 좀 읽고 해야 하는데 이상하게 손이 잘 안 가네요."

대부분의 사람은 나를 보면 아무래도 말랑말랑한 글을 쓰니 보통 그런 종류의 책을 많이 읽을 거라고 생각한다. 하지만 서재 책장에는 인문, 자기계발, 심리학, 시, 에세이 장르 가릴 거

없이 다양한 종류의 책이 있다.

사람들은 왜 자기가 좋아하는 장르의 책만 볼까? 이 이야기를 하기 전에 사람들은 왜 책을 안 읽는지부터 이야기해야 할 것 같지만, 보통 상반되는 장르의 책을 다 보는 사람은 드물다. 에세이를 좋아하는 사람은 자기계발서의 말이 잘 와닿지 않고 자기계발서를 좋아하는 사람은 에세이가 삶에 직접적인 도움을 주지 않는다고 생각하기 때문에 안 좋아한다.

그나마 다른 사람보다 조금 더 여러 장르의 책을 읽으면서 느낀 건 두 입장 모두 공감할만하다는 것이었다. 장르마다 목적이 확연히 다른 만큼 집필 동기와 얻을 수 있는 것들이 명확히 차이가 나기 때문이다. 당신이 지금 이 책을 읽고 있다면 아마 에세이를 좋아할 확률이 더 높다. 자기계발서를 읽은 지가 언제냐고 물어본다면 쉽게 대답할 수 없을지도 모른다.

당장 도움은 안 될 수 있다. 어떤 책을 읽었는데 아무것도 머리에 남는 게 없을 수도 있고 어떤 것이 남았다고 생각했는데 막상 시간이 지나 보면 하나도 기억나지 않을 때도 있을 것이다. 내가 좋아하지 않는 장르의 책으로 얻을 수 있는 보상은 사실 충만할 때는 나타나지 않는다. 국내로 여행을 갈지 해외로 떠날지 고민하는 것처럼, 둘 중 어느 것을 하더라도 좋을 때는 별로 티가 나지 않는다. 하지만 그건 반대인 상황에서 빛을 발한다. 어떤 상황이 생겼는데 나는 그것을 돌파해야 하고 주머니에는 아무것도 없는 그런 순간, 자켓 안쪽 주머니와 가방까지 다 열어봐도 아무것도 들어있지 않은 것처럼 느껴질 때 마침 무언가가 툭 하고 떨어진다. 그리고 그 작은 것 하나로 대부분의 문제가 해결되고는 한다.

여기서 책을 경험이라는 단어와 맞바꿔도 이야기는 비슷할 것이다.
여기저기 부딪힌다고 부딪혔는데
여기저기 배운다고 배웠는데
이것저것 경험한다고 경험했는데 아무것도 남지 않은 거 같을 때가 있다.
보통 경험이라는 것도 충만할 때 빛을 발하지 않는다.
나에게 아무것도 없는 것처럼 느껴지는데 해결해야 하는 문제는 있을 때.
경험이라는 것은 그때야 힘을 가진다.

마치 언젠가 읽었던 책처럼.

관계

한 심리학자는 이런 말을 했다.

인간 관계는 모든 행복의 근원이자
고민의 근원이라고.

어쩌면 인간관계에 있어서 중요한 점은
주변에 좋은 사람을 많이 두는 것도 있지만
별로인 사람을 두지 않는 걸지도 모른다.

언제나 이상한 사람 한 명이
모든 것을 망쳐버리니까.

그래서 이제는 내 곁에 좋은 사람을
많이 두기 위해 애쓰지 않는다.

별로인 사람을 두려고 하지 않을 뿐.

돈

엄마가 그렇게 술에 취해서 들어온 모습은 처음 봤다. 엄마는 집에 들어오자마자 안주머니에서 현금 뭉치를 꺼내 옷장 깊숙한 곳에 넣어두고는 그대로 쓰러져 잠들었다. 내가 아홉 살일 때쯤이었을 것이다.

그 일이 있고 한참 후에 알게 된 일이지만 그때 엄마가 받아온 그 돈은 외상값이었다. 내가 초등학생일 때 동네에서 엄마가 작은 야식집을 한 적이 있는데 처음엔 한두 번씩 하던 외상이 점점 쌓이기 시작했고 나중엔 어느 정도 금액이 올라가자 실랑이가 벌어졌다. 상대방은 외상값을 주지 않으려고 했고 엄마는 계속 받으려고 했던 것이다. 그날 엄마가 외상값을 받아오면서 술에 잔뜩 취해서 들어온 건 결국 받아냈다는 승리감 때문이었을까 아니면 이렇게까지 해야 하나 싶은 어떤 회의감 때문이었을까.

엄마가 외상값을 받아온 지 얼마 지나지 않아서 가족끼리 다 같이 제법 큰 마트에 갔었다. 그곳에서 엄마는 물건을 한 아름 샀다. 하지만 그 물건은 다리미나 음식처럼 전부다 우리 가족에게 필요한 것뿐이었다. 이것이 돈에 관한 나의 첫 기억이다.

강렬했던 첫 기억 덕분에 돈을 떠올리면 마냥 아름답게 느껴지지 않고 또 마냥 안 좋게만 느껴지지도 않는다.

최근 한 7년간 자본주의 시장에는 많은 변화가 있었다. 직업과 시간은 그 어느 때보다 세분화되었다. 예전에는 식당에서 배달 기사님을 따로 두고 영업을 했다면 이젠 필요할 때마다 배달 기사님을 부르는 구조로 바뀌었다. 반대로 이야기하자면 한 곳에서 종일 근무를 해야 하는 게 아니라 누구나 시간을 쪼개서 부업으로 다른 일을 할 수도 있게 됐다는 것을 뜻한다. 공중파 방송이 미디어를 꽉 잡고 있었지만 여러 플랫폼의 등장으로 이제는 텔레비전 자체를 켜지 않는 사람들도 많아졌다. 그 과정에서 한순간에 인생이 달라진 사람들도 많이 등장했다. 부동산 가격은 끝도 없이 올랐으며 코로나로 인해 세상이 단절되자 모든 자본은 투자 시장으로 흘러 들어갔다. 이 과정에서도 한순간에 삶을 역전한 사람들이 수두룩해졌다. 가난한 사람은 더 가난해졌고 부유한 사람은 더 부유해졌다.

직업의 경계는 모호해지고 시간과 노동의 가치는 점점 더 일치하지 않는 세상이 되고 있다. 한순간에 삶을 역전하는 사람을 보면서 자기 자신의 삶과 비교하게 되고 오히려 무분별하게 쏟아지는 컨텐츠 때문에 자신의 정체성을 잃기도 한다. 내가 생각하기에 겉으로 많이 티가 나지 않을 뿐이지 지금은 대혼돈의 시대에 가깝다. 그리고 그 혼돈의 끝에는 '돈'이 있지 않을까.

무엇이 옳고 무엇이 그른지는 모르겠다. 돈이 좋은 건지 좋지 않은 건지를 물어본다면 당연히 좋은 쪽에 가깝다고 말할 것이다. 돈은 사랑하는 사람을 지킬 수 있게 해주는 가장 완벽한 수단이니까. 최소한 내가 겪은 삶에서는 그랬다. 이제야 조금 느끼는 거지만 엄마가 그때 그렇게까지 외상값을 다 받아왔던 건 우리를 위해서가 아니었을까 싶다. 다리미나 음식 같은 것뿐만 아니라 며칠간은 집이 따뜻했으니까. 그때 엄마가 받아온 외상값으로 집안의 무언가를 하나씩 고쳐나가고 새로 하나씩 들이는 모습을 보면서 나는 엄마가 참 강하다는 생각을 했었다.

주변에서 흔히 말하는 돈맛을 본 뒤로 본성을 보이는 사람들도 많이 봤다. 돈이라는 목적을 이루기 위해서는 수단 따위는 아무것도 중요하지 않은 사람. 최소한의 도덕적 양심조차 없어지는 사람들 말이다. 남의 것을 아주 교묘하게 바꿔서 마치 자신의 것처럼 이야기하는 사람들.

어디 가서 누군가가 물어본다면, 돈 좋아하죠, 돈의 힘이 얼마나 강한데요라고 대답할 것이다. 근데 단순히 그냥 많이 버는 건 멋이 없다고 생각한다. 사랑하는 사람들을 지키기 위해 벌고 싶고 그렇게 돈을 쓰기 위해선 최대한 의미 있게 벌고 싶다.

자본의 힘과 돈을 인정하는 동시에
추악해지지 않는 건 좀 다른 일이다.

기준

보통 자기 자신한테
엄격하게 대하는 사람들은
모든 일에 최선을 다하는 성격이다.

모든 것에 최선을 다 하던 습관이 있기 때문에
자기 자신을 다그치는 일에도
최선을 다하는 것이다.

상처

그때부터였던 거 같다.

인라인스케이트, 보드, 스키처럼 흔히 탄다고 표현하는 것들을 좋아하지 않게 된 게. 충격을 많이 받은 탓에 정확히 잘 기억나지 않지만 어렴풋하게는 남아있다. 어린 시절 동네 놀이터에서 노는데 옆집 살던 형이 인라인스케이트를 타다가 정면으로 넘어졌다. 얼굴을 얼마나 많이 다쳤는지 모른다. 그 모습을 보고 난 뒤로는 자전거를 제외하고 무언가 타는 것 자체를 하나도 좋아하지 않았다.

친구가 혼자 영화를 보러 가다가 교통사고를 당한 적이 있다. 상대 차량은 음주운전이었고 심지어 뺑소니였다. 사고가 얼마나 크게 났는지 자동차는 형체를 알아볼 수 없을 정도로 반파되어 결국 폐차를 했다. 사고가 있고 몇 개월 뒤에 친구랑 함께 저녁을 먹으러 가는 길이었다. 내 차 조수석에 타고 있던 친구는 자꾸 힘이 들어가서 몸 곳곳이 저리다면서 뒷자리로 자리를 옮겼다.

몸에 새겨진 상처든 정신에 새겨진 상처든
상처가 무서운 이유는 충격이 크면 클수록
깊숙한 곳에 새겨진다는 것이다.

평소에도 괴로울 수 있지만 상처가 생긴 그때와 비슷한 상황이 오면 더 심하게 앓는다. 자전거를 타다가 넘어진 사람은 다시 자전거를 탈 때 겁이 날 것이다. 계단에서 넘어진 적 있는 사람은 누구보다 계단을 조심스럽게 내려갈 것이고 사람에게 한 번 데인 적 있는 사람은 누군가를 사귈 때 경계하고 또 경계할 것이다. 상처는 비슷한 상황을 만나면 다시 덧난다.

사랑 앞에서 망설이는 것처럼 보이는 사람들이 있다.

분명 그 사람도 사랑하고 싶어 하는 거 같은데. 마음도 어느 정도 있는 거 같은데. 자꾸 망설이는 사람들. 그런 사람은 아마 많이 아팠던 기억이 있을지도 모른다. 다시 생각해보면 그만큼 아팠다는 건 그만큼 깊이 사랑했다는 것이고 그만큼 깊이 사랑했기 때문에 오래 앓는 걸지도 모른다. 자신이 아플 만큼 상대를 사랑할 줄 아는 사람일지도 모른다.

같은 속도로 사랑을 시작하는 것도 좋지만 조금 느린 사람을 위해 기다려주는 것도 사랑이지 않을까.

상처가 많아서 망설이는 것뿐일 테니까.

고마운 날

먹고 사는 게 바빠지다 보면 무언가를 놓친다.
누군가를 미워하는 것처럼 불필요한 감정을
놓친다면 다행이지만
누군가에 대한 감사함조차 놓칠 때가 있다.
한창 바쁘게 일하다가 이런 말을 했다.
빼빼로 데이나 어린이 날처럼 고마운 날을 정해서
하루 날 잡고 다 표현해야 할 것 같다고.
내 옆에 있어줘서 고맙고 믿어줘서 고맙고
응원해줘서 고맙고 한결같아서 고맙고
웃겨 줘서 고맙다고 말이다. 아무리 바빠도
고맙다는 건 표현하면서 살고 싶다.

고맙습니다, 고맙습니다, 고맙습니다.

누나의 선택

"누나가 결혼을 하는 게 우리 집에도 더 좋을 것 같아."

누나는 매형과 결혼하기 전에 꽤 오랜 시간 고민했었다. 내가 느낀 바로는 매형에 대한 확신이 없어서라기보다는 다른 문제처럼 보였다. 누나는 나랑 많이 닮았다. 자유로운 걸 좋아하고 하고 싶은 것도 배우고 싶은 것도 많다. 내가 아는 누나는 책임감이 강하기 때문에 자신이 결혼을 선택하면 어떻게 살지 그 누구보다 잘 알고 있었다. 나와 다른 점이 있다면 나는 어릴 때의 결핍으로 창작을 하게 됐다는 것이고 누나는 어릴 때 결핍으로 배우지 못한 공부를 좀 더 해보고 싶어 했다는 거였다. 누나는 외국에 나가서 원하던 공부도 하고 자유롭게 살고 싶다는 생각과 그래도 안정적인 삶을 꾸리긴 해야 할 텐데, 하는 생각 사이에서 갈등하는 것처럼 보였다. 누나가 외국에 나가서 공부를 해보고 싶다고 말했을 때 나는 어떤 선택을 내리든 다 지지하겠다고 대답했었다. 열심히 벌어서 학비도 보태주겠다는 말과 함께.

이런 대화를 주고받은 지 얼마 되지 않아서 저런 메시지가 온 것이다. 결혼을 하는 게 우리 집에도 더 좋을 것 같다고. 처음 그 메시지를 받았을 땐 마치 누나가 우리 집안을 위해 억지로 결혼하는 것처럼 느껴져서 화가 났었다. 결혼을 하는 게 우리 집에 무슨 도움이 되는 걸까? 마치 드라마나 영화에서 보던 것처럼 집안을 위해 재벌가에 시집가는 것처럼 느껴졌으니까. 우리 집은 넉넉한 편은 아니었지만 그땐 누나와 내가 일을 열심히 했기 때문에 제법 여유가 생기고 있었고 매형도 너무 착하고 한결같지만 재벌 쪽이랑은 거리가 멀어도 너무 멀었다. 만약 매형네 집이 재벌가였고 우리 집이 파산 직전의 상태였다고 한들 나는 경제적인 이유로 누나가 시집을 간다고 했으면 내 장기를 팔아서라도 막았을 것이다. 도대체 누나는 누나의 결혼이 어떤 도움이 된다고 생각했던 걸까?

그렇게 시작된 누나의 결혼 생활은 순조로웠다. 누나가 고민을 한 건 매형이 좋은 사람이었기 때문이다. 만약 매형이 좋은 사람이 아니었다면 연애도 시작하지 않았을 것이고 누나가 그토록 원하던 공부를 포기하겠다는 생각도 하지 않았을 것이다. 그게 아무리 우리 가족에게 더 좋은 것처럼 느껴졌다고 한들 말이다. 나도 매형을 보면서 닮고 싶은 점이 있을 정도로 매형은 좋은 사람이다.

누나가 결혼한 지 3년 정도 지났을 때였을까. 첫 조카가 태어나고 얼마 지나지 않아서였다. 누나는 매형과 함께 상의 끝에 가족 여행을 추진했다. 매형은 출근을 하느라 참석을 못 했지만 나, 아빠, 누나 그리고 태어난 지 얼마 안 된 조카 이렇게 넷이서 제주도로 여행을 떠났다. 매형은 함께하지 못해서 미안하다는 말과 함께 호텔을 예약해줬다. 마침내 제주도로 떠나던 날, 비행기에서 아빠는 이런 말을 했다.

"비행기 30년 만에 타보네.
제주도는 처음 가보고."

그 말을 듣고 나서야 알았다. 우리 가족끼리 이렇게 여행을 가는 거 역시 처음이었다는 걸.

우리 가족의 첫 여행이었던 제주도는 처음이자 마지막인

여행이 됐다. 다녀오고 난 다음 해에 아빠는 세상을 떠났다. 아빠가 세상을 떠나고 몇 장 없지만 함께 찍은 사진을 다시 보면서 그제야 누나의 마음을 이해할 수 있었다. 아빠는 그래도 손주를 품에 안아보고 세상을 떠났다. 그것도 둘이나. 둘째 조카가 태어난 것도 봤고 그때쯤엔 첫째 조카도 꽤 커서 할아버지 손을 잡고 걷기도 했으니까. 나는 아빠가 누나와 영상통화를 하면서조차 조카들을 볼 때, 그때 아빠가 웃던 미소를 지금도 선명하게 기억한다. 누나가 매형과 상의해서 결정한 덕분에 한 번뿐이지만 그래도 가족 여행도 다녀올 수 있었다. 아마 나와 상의했다면 그런 결정이 나진 않았을 것이다. 누나가 말한 우리 가족을 위한다는 게 이런 게 아니었을까?

아버지가 세상을 떠난 지 햇수로 벌써 4년이 됐다. 그동안 달라진 것은 조카들이 이제 너무 많이 컸다는 것이다. 몇 개월 만에 조카를 만날 때면 정말 몰라보게 자라 있었다. 시간이 흐르는 게 실감 날 정도로. 어른들이 아이는 금방 크니까 어릴 때 시간 많이 보내야 한다고 말하는 게 왜 그러는 건지 이해할 수 있을 정도였다.

바빠서 자주 못 보는 나를 위해 누나는 자주 조카들 사진을 보내준다. 가끔 누나와 전화할 때면 이제는 옆에서 조카들이 '삼촌이야?'라고 말하기도 한다. 사랑스럽다는 말로는 표현할 수 없을 정도로 아이들과 함께 있을 땐 이상한 감정을 느낀다. 조카들을 보면서, 그리고 누나가 평생을 함께할 반려자와 가정을 꾸려나가는 모습을 보면서, 결혼 생각이 조금씩 생기기 시작한다. 예전보다 훨씬 더 빠른 속도로.

아마 누나가 아니었다면 나는 평생 결혼 같은 건 생각도 안 하고 혼자 이렇게 살았을 것이다. 그런 내가 그래도 결혼이 제법 괜찮은 거라는 거, 가정을 꾸리고 아이를 키우는 일이 그 어떤 것과 바꿀 수 없는 행복이라는 걸 누나를 통해서 조금씩 배우고 있다.

어쩌면 이것도 누나가 말한 우리 가족을 위한다는 게 이런 게 아니었을까?

내가 아무리 지금보다 더 나은 삶을 살게 된다고 한들, 엄청 많은 사람이 내 책을 읽어줘서 내가 부와 명예를 다 얻게 된다고 한들 누나의 현명함에 비하면 아무것도 아닐 것이다.

누나는 도대체 얼마나 멀리 내다본 걸까.

4부

시간

마음이 잘 맞는 동료와 대화도 나누고 장난도 치면서 함께 일하다가 이런 말을 뱉었다. 벌써 시간이 이렇게? 며칠 전에는 친한 지인을 만났다. 저녁을 먹고 이야기를 한창 나누다 그때도 이런 말을 뱉었다. 벌써 시간이 이렇게? 휴가로 친구들과 2박 3일 여행을 다녀온 적이 있다. 생각보다 길 거라고 생각했는데 정말 눈 감았다 뜨니 며칠이 지나 있는 기분이었다. 누군가와 같이 있을 때 시간이 삭제되는 경험을 할 때가 있다. 별로 특별한 것을 하지도 않았는데 어느덧 밤이 찾아오고 아침이 찾아오고 한 시간 두 시간 하루 이틀이 그냥 지나가버리는 것. 시간만큼 상대적인 게 없다. 하기 싫은 일을 할 땐 정말 느리게 흐르는 것처럼 느껴지고 재미있는 일을 할 땐 정말 빠르게 흐르는 것처럼 느껴진다. 언제 만나도 좋고 언제나 또 만나고 싶은 사이의 특징은 시간이 삭제된다는 게 아닐까. 누군가와 함께 있을 때 시간이 단순히 빨리 흐르는 정도가 아니라 삭제된 것처럼 느껴진다면, 분명 서로 잘 맞는다는 뜻일 것이다.

그대로

네가 같이 일해보지 않겠냐고
나에게 연락했을 때
하고 있는 일이 안정적이었음에도 불구하고
내가 격하게 흔들렸던 건
네가 좋은 사람이기 때문이었다.

마음이 너무 말랑말랑해서
또 정이 너무 많아서 무너진 것뿐이지
얼마든지 다시 일어날 수 있는 사람이었으니까.
내가 아는 사람 중에
제일 똑똑한 사람이었으니까.

나뿐만 아니라 너를 좋은 사람이라고
생각하는 사람이 정말 많았다.
네가 다시 세상에 뭔가를 보여주겠다고 하자

여기저기서 도와준다는 사람이 넘쳐났으니까.
사람이 사람을 이렇게 대가 없이 도울 수도 있구나 싶었다.

하지만 주변 사람들의 응원은
너를 잠깐 안아주는 것이었을 뿐
결국엔 너를 가득 채워주지는 못했다.
아무리 사랑을 받아도
결국 자기 안의 깊숙한 곳에서부터
사랑이 피어나지 않으면 힘든 걸까.

내가 너를 위해서 무엇을 더 할 수 있을까.
무엇을 하면 좋을까.
언제나 그랬듯 그 자리에 그대로 있겠다.
네가 일에 지치고 사람에 버겁고
또 어딘가로 도망갔는데 다시 사람이 그리워졌을 때
마주 앉아 술 한잔을 하면서 그냥 헛헛한 웃음 짓고 싶을 때
그때를 위해 늘 한결같이 그대로 있겠다.

이것이 너를 채워줄 수 있을지는 모르겠지만
최소한 네가 무너지는 일은 막을 수 있지 않을까.

열심히 한다는 것

그 누구보다 최선을 다해서 하루를 산 것 같은데 저녁에 자려고 누우면 오늘 하루 아무것도 한 게 없는 것 같을 때가 있다. 하루뿐만 아니라 한 달 일년, 꽤 오랜 시간 열심히 했는데 정말 아무것도 남은 게 없는 것 같은 기분을 느낄 때도 있다.

요즘은 루틴을 잡기 위해서 최선을 다하고 있다. 계획이나 어떤 규칙 없이 그냥 흘러가는 대로 살아왔더니 삶도 같이 흘러가는 기분이랄까? 뭘 놓치고 있고 또 뭘 잘하고 있는지 알 수 없어서 루틴을 잡으려고 애쓰는 중이다. 이렇게 루틴에 신경 쓰게 된 건 그동안 내가 했던 노력이 가짜 노력일지도 모른다는 생각이 들어서였다.

어느 날 친구가 대뜸 나에게 아침 일찍 강남에 다녀와야 할 것 같다고 말을 한 적이 있다. 며칠 뒤에 서점에서 사인회가 있는데 그때 나눠줄 굿즈가 행사 당일이 아니라 하루 전날까지 필요하다는 이유에서였다. 그럼 네가 직접가지 말고 퀵을 보내지 그래? 라는 말을 하니 퀵이 비싸거나 안 잡힐까 봐 직접 가는 게 나을 것 같다고 생각했단다. 아침이라 길도 많이 막힐 테니 친구는 분명 대중교통을 타고 갈 것이다. 어지간한 가방만 한 크기의 박스를 들고. 그걸 서점에 전달해주고는 근처 카페에서 불편하게 일하다가 다시 막히는 지옥철을 타고 집으로 돌아가 누울 것이다. 침대가 정말 포근하게 느껴질 것이다. 아침부터 정신없었으니까. 오늘 하루도 열심히 살았다는 생각이 들겠지만 어쩌면 이건 가짜 열심에 해당할지도 모른다. 차라리 저 날 퀵을 보내고 그때 다른 일을 했으면 훨씬 더 효율이 좋았을 테니까.

어, 근데 이 모습 익숙한데?
비효율적인 걸 알면서 왜 친구의 마음이 이해되는 거지?
왜 나였어도 그럴 거 같지?

내가 그 친구에게 퀵을 부르는 게 어떻겠냐고 말하면서도 그 마음을 이해했던 건 나도 그런 성격의 사람이기 때문이다. 나도 퀵으로 받아도 될 걸 직접 찾으러 가면 괜히 더 뿌듯하게 느끼는 사람 중 한 명이다.

생각해보면 이런 순간이 정말 많았던 것 같다. 굳이 효율성은 떨어지는데 내가 원래 해오던 방식이거나 내 마음이 편할 것 같아서 선택한 일이 꽤 많은 것 같다. 정신없이 막 하루 종일 왔다 갔다 했으니 정말 열심히 산 것처럼 느껴지지만 막상 자려고 누우면 남은 게 없는 그런 것. 종일 글을 열심히 쓴다고 썼지만, 막상 잘 때 내가 오늘 몇 개를 썼지? 따져보니 완성된 글은 하나도 없는 그런 것.

그래서 요즘은 지금 열심히 하려고 하는 그것이 과연 진짜 열심히 하는 것에 해당하는가 아니면 열심히 했다는 기분만 안겨주는 가짜 열심에 해당하는가를 많이 따져보고는 한다. 좀 더 효율적으로 시간을 활용하기 위해서 숫자로 목표를 정하는 것도 좋은 것 같다. 나를 기준으로 말하자면 글 열심히 쓰기가 아니라 '하루에 3개 쓰기'와 같은 식으로 말이다.

아무리 생각해도 업무는 효율과 집중의 문제다.

같이 나이 들어가는 사람

거리를 걷는데 마침 점심 시간이었어.
눈앞에 보이는 식당에 들어가서
혼자 점심을 먹는데 새삼 그런 생각이 들더라.

옛날에 이런 거 진짜 못했는데
이젠 아무렇지도 않은 거야.
살다 보면 입맛도 바뀌고 취향도 바뀌고 성격도 바뀌잖아?

이렇게 나이 들어가는구나.
이렇게 변하는구나 싶었지.

오늘 오랜만에 너를 만났을 때 그런 생각을 했어.
어떻게 이렇게 그대로일까?
오랜만에 만나도 어떻게 항상 똑같을까?

아니면 우리가 같이 나이 들어가고 있어서
서로의 변화를 못 느끼는 걸까?
어떤 이유든 좋더라. 많은 게 변하는데
언제나 한결같은 사람이 있다는 게.

자주 보자. 아무리 사는 게 바빠도.

역시

저녁이었어. 차에 지갑을 두고 온 바람에 주차장으로 향하고 있었지. 내 옆을 지나는 한 사람이 연인과 통화를 하고 있었나 봐. 휴대폰을 들고 화면을 보면서 대화를 나누고 있었어. 어떤 이야기를 주고받는지 잘 모르겠고 어떤 일이 있었는지도 잘 모르겠지만 왠지 좋은 일이 있는 것 같았어. 목소리가 밝아 보였거든. 내 옆을 지나가던 그 사람이 전화 속 상대방에게 이런 말을 하는 거야.

역시 우리 자기

잠깐 물건을 가져오려고 나온 것뿐인데 짧은 순간에 그 말 한마디가 마음에 콕 박히는 거지. 어릴 때는 역시 우리 ○○이라는 말을 종종 듣고는 했었던 거 같은데 어느 순간부터는 그런 말을 듣지도 쓰지도 않게 된 것 같았거든. 역시 우리 ○○이라는 말에는 정말 많은 뜻이 담겨있어. 최고다. 고생했다. 잘했다는 단어가 하나도 들어가 있지 않은데 그 어떤 말보다 상대방을 인정하고 응원하는 느낌이거든. 또한 그 사람을 전적으로 믿고 있다는 뜻이 담겨있기도 해. 역시라는 말에는 생각했던 대로라는 뜻이 담겨있으니까. 우리 OO라는 말에는 애정한다는 뜻이 담겨 있잖아? 그 두 가지가 합쳐진 건데 얼마나 가치 있는 말이겠어. 그러니까 애정하는 사람에게 또는 오늘도 최선을 다한 나에게 할 수 있는 최고의 칭찬은 그런 게 아닐까?

"역시 우리 OO"

오늘은 애정하는 사람에게 혹은 나 자신에게 다정하게 말해줘도 좋겠어.

사랑이라는 집

타인에게 내 이야기를 솔직하게 말하는 건 늘 어렵다.
반대로 타인의 이야기를 진심으로 경청해주는 것도 어렵다.
만약 둘 중에 더 어려운 걸 뽑으라면
그래도 다른 사람의 이야기를 진심으로 들어주는 게 아닐까.

사람이 입은 하나고 귀가 두 개인 이유는 적게 말하고 많이
들어주라는 뜻에서 그렇게 만들어졌다는 이야기가 있다. 술
자리에서 혹은 지인들과 커피를 마실 때 내 이야기를 아예 하
지 않으면 몰라도 한 번 이야기를 열어놓기 시작하면 듣는 것
보단 말하는 것이 더 재밌게 느껴질 때가 있다.

좋아하는 건축가가 이런 말을 했다.
어떤 일을 잘 수행하기 위해서는 두 가지가 필요한데
첫 번째는 사랑, 두 번째는 기술이라고.

나는 이 말이 꼭 정말 어떤 업무나 직업에만 해당하는 이야기는 아니라고 생각한다. 사랑을 하나의 집으로 비유한다면 사랑이라는 집을 잘 짓는 것도 똑같지 않을까. 사랑과 기술이 있어야 더 튼튼할 테니까. 그렇다면 사랑에 있어서 기술은 무엇일까 생각해보다 어쩌면 잘 듣는 일이 아닐까 싶었다.

듣는다는 건 상대방에게 귀 기울인다는 뜻이다. 서운함을 듣는 것. 불안을 듣는 것. 행복을 듣는 것. 걱정을 듣는 것. 하루를 듣는 것. 그렇게 그 사람의 어떤 감정을 느끼고 해석하려면 그만큼 집중해야 하고 그만큼 귀 기울여야 한다는 뜻일 테니까.

사랑하는 사람을 잘 들어주는 것. 꼭 필요한 사랑의 기술.

인연

이사를 하려고 집을 알아볼 때였다. 제일 괜찮은 집을 생각보다 일찍 구하게 됐다. 누가 채갈까 봐 얼른 계약서를 작성하겠다고 말하고는 부동산을 나섰는데, 글쎄 갑자기 계약이 취소 됐다는 연락이 오는 것이다. 그때 이유를 들었었는데 이유가 이유 같지 않아서 기억도 잘 안 날 정도다. 벌써 나는 그 집에 들어가서 사는 생각까지 했기 때문에 제법 속상해하고 있었는데 그때 주변에서 이런 말을 많이 했다. 인연이 아니었던 거야. 더 좋은 곳이 나타날 거야. 사실 나는 그 말이 하나도 와닿지 않았다. 내가 최근에 발품을 팔아서 본 곳 중에서 제일 좋아 보였기 때문이다. 하지만 며칠이 지나지 않아서 정말 더 좋은 집을 계약하게 됐다. 살다 보면 내가 원했던 것을 눈앞에서 놓칠 때가 있다. 혹은 간절히 원했지만 마치 막차를 눈앞에서 놓치듯 코앞에서 사라질 때가 있다. 그게 사랑이든 꿈이든 어떤 물건이든 상황이든 정말 야속한 그런 순간. 그럴 때 슬퍼하고 무너지기보다는 인연이 아니었다고 생각하는 건 어떨까. 저 멀리서 더 좋은 게 오고 있어서 이번 걸 놓친 거라고 생각하는 건 어떨까. 사람도 장소도 사물도 상황도 인연이 되면 다 만나게 되어있다. 아쉬워하지 말자. 인연이 아니었을 뿐이다.

말의 의미

언젠가부터 평소에 잘 사용하지 않던
이상한 단어를 자주 사용하기 시작했는데
그건 지겹다는 말이었다.

왜 이상한 단어라고 표현했냐면
나는 원래 그런 부정적인 뉘앙스의 단어를
잘 사용하지 않기 때문이다.
나도 모르게 지겹다는 말을 반복해서 했다.
그 말을 들은 사람들은 대부분
흔히 예상했던 반응을 보였다.
왜 그러냐는 둥 무슨 일이 있냐는 둥

자꾸 지겹다고 말하면 부정적인 사람으로 보일까 봐
그 말을 점점 줄이면서도 왜 여전히 마음속에서는
자꾸 그 말이 튀어나오려 했던 건지 되돌아봤다.
어쩌면 나는 지겹다는 말을 뱉었을 때
그런 대답을 듣고 싶었던 게 아닐까.

정말 열심히 살았나 보다.
인생이 지겨울 정도면.

그 말을 한 번도 듣지 못한 채
지겹다는 말을 삼키게 됐지만
만약 당신이 지겹다고 말하는 때가 온다면
이렇게 말해주고 싶다.

정말 열심히 살았나 보다.
사는 게 지겨울 정도로.

고생 많았겠다.

행복

이야기를 하다 보면 유독 말할 때 밝은 기운을 내뿜는 사람들이 있다. 누가 봐도 행복해 보이는 사람. 그런 사람들을 보면서 하나 알게 된 건 대부분 뚜렷하게 좋아하는 게 있다는 것이다. 캠핑, 독서, 커피, 연인, 운동, 카페 가기, 예술가, 미술관, 사진, 음악, 여행, 그 무엇이더라도 다른 사람들보다 뭔가 한 가지를 더 깊게 좋아한다. 꼭 거창하지 않아도 되지만 깊게 좋아하는 게 하나라도 있는 것과 없는 건 생각보다 행복에 많은 영향을 미친다. 우리가 모두 뚜렷하게 좋아하는 게 하나쯤은 있었으면. 그리하여 조금 더 행복했으면

보육원

1.

처음 하는 이야기다. 사실 내가 무언가를 거부하거나 망설이는 이유 중 대부분을 차지하는 건 부끄러움 때문이다. 예를 들어 이런 것이다. 연애할 때 사진 함께 찍냐 마냐의 문제로 다툴 때가 많았는데 사진 찍는 거 자체를 안 좋아하는 이유도 있지만 사실 진짜 이유는 부끄럽기 때문이다. 왜 부끄럽냐고 물어본다면 뭐라고 대답해야 할지 모르겠다. 부끄럽다. 부끄럽다고 말하는 지금도 부끄럽다.

2.

그래서 글 쓰는 걸 직업으로 선택했는지 모르겠다. 글 쓰는 건 확실히 덜 부끄러우니까.

3.

어디 갔을 때 누군가가 박근호 작가님 아니냐면서 아는 척을 해오면 죄송하지만 바로 발길을 끊는다. 이유는 하나. 부끄럽기 때문이다. 일 년에 세 번에서 네 번 정도 기부를 한다. 큰 금액은 아니지만 꾸준히 해오고 있는데 가끔 기부하는 곳이 달라지기는 해도 늘 변함없이 꼭 한 번씩은 가는 곳이 있다. 벌써 7년 정도 된 것 같다. 유기견 보호소다. 근데 그 유기견 보호소를 운영하는 분들은 나의 존재를 모를 것이다. 매년 후원을 하고 있지만.

왜냐고? 부끄러워서 밤에 몰래 가기 때문이다.

4.

7년간 기부를 하면서 딱 한 번 빼고는 무조건 밤에 갔다. 그것도 야심한 시간에. 낮에 미리 사료와 물품을 사 놓은 다음에 정말 강아지까지 다 잠들 거 같은 시간에 가로등도 제대로 켜 있지 않은 그 외진 곳을 달리고 달려서 몰래 두고 왔다.

5.

그럼 이쯤 되면 궁금해질 수 있다. 딱 한 번은 왜 낮에 갔는지.

6.

그건 정말 피치 못할 사정이었다. 언제나 그랬던 것처럼 야
심한 시간에 몰래 유기견 보호소로 향하고 있었는데 앞에 웅
덩이가 큰 게 있는 것이다. 며칠 전에 비가 왔는데 아무래도
시골길이다 보니 배수가 제대로 되지 않은 것 같았다. 내려서
웅덩이가 얼마나 되는지 확인하자니 옆에서 좀비가 튀어나올
거 같고 그렇다고 되돌아가자니 그 웅덩이만 건너면 도착이
었기에 천천히 돌파하기로 마음먹었다.

7.

어? 생각보다 깊은데? 어 진짜 생각보다 깊은데?

8.

이러다 침수차 되는 거 아니야? 라는 생각이 끝날 때쯤 겨
우 웅덩이를 빠져나올 수 있었다. 그날은 또 강아지들이 얼마
나 짖던지. 원래 그렇게까지 짖지 않는데 그날따라 유독 심하
게 짖어서 보호소 직원분이 나쁜 놈이 왔나 하고 나와보실까
봐 얼마나 초조했는지 모른다.

9.

그날 하루가 보호소에 몰래 기부하러 간 날 중에 가장 정신
적으로 힘들었던 날이라 그 다음번엔 도저히 밤에 갈 수가 없

어서 낮에 갔었다. 혼자서 되게 많이 가져왔다며 고맙다고 말하는 직원분 앞에서 네, 하하하 하고 웃기만 했다. 그리고는 정말 허리 한 번 펴지 않고 물품을 날랐다. 왜냐고? 부끄러우니까. 빨리 집에 가려고.

10.

또 언젠가 추석 당일에 보육원으로 기부를 하러 간 적이 있었다. 명절은 아무래도 가족들끼리 다 같이 모이거나 그러지 않더라도 맛있는 거 먹고 시끌벅적하게 보내는 느낌이 강하기 때문에 이런 날이 유독 더 쓸쓸하지 않을까 싶어서 찾아갔다.

11.

새벽까지 기다리기엔 제사 음식 차리고 치우느라 너무 지쳐 있어서 애매한 시간을 골랐다. 오후 5시. 점심도 아닌 것이 그렇다고 저녁도 아닌 애매한 시간. 뭔가 무방비한 상태라 아무도 없을 것 같달까? 아니면 다 같이 낮잠을 자고 있거나?

12.

보육원은 생필품이 항상 부족하다는 이야기를 들어서 차에 가득 실었다. 마침내 도착했을 때 아무도 없는 거 같아서 몰래 문 앞에 빠르게 두고 오려는데.

13.

글쎄 박스를 들자마자 차 한 대가 올라오는 게 아닌가. 그 차에서 원장님으로 보이는 분과 아이들이 우르르 내리기 시작했다. 맙소사.

14.

누구…세요?

15.

아, 이거 물건 좀 전해드리려고 왔습니다.

16.

기부하러 오셨구나. 아이고 감사해요.

박스가 많네요. 얘들아 이것 좀 같이 들자.

17.

그때부터 보육원 아이들이 다 뛰어나와서 박스를 같이 들어주는 게 아닌가. 아, 이게 아니었는데. 부끄럽다. 부끄럽다. 집에 가고 싶다고 속으로 몇 번 외치자 가득 차 있던 박스가 어느덧 하나도 남지 않았다.

18.

이제 집에 갈 수 있다.

19.

원장님께 인사를 하고 돌아서려는데 기부 영수증 끊어주냐고 이야기하신다. 괜찮다고 정말 약소한 금액이라 괜찮다고 말하는데 그때 박스가 하나 더 있는 줄 알고 내 앞에 선 아이에게 원장님이 이런 말을 했다.

20.

얼른 고맙다고 인사해야지.

21.

그러자 아이는 잠깐 머뭇머뭇하더니 나한테 감사하다며 고개를 숙였다.

22.

그래서 나는 아, 아니에요, 진짜 이거 얼마 안 하는데, 그냥 명절이라 와 봤어요.

새해 복 많이 받으세요.

23.

추석이었다. 얼마나 당황하고 부끄러웠는지 새해 복 많이 받으시라는 이야기를 하고 죄를 지은 사람처럼 빠져나왔다.

24.

그리고 다시 집으로 돌아가는 길. 부끄럽지만 한 건 했다는 생각에 내심 뿌듯하다가도 자꾸 마음이 저릿했던 건 그 아이 때문이었다.

25.

자기가 들어야 할 박스가 더 있는 줄 알고 내 앞에 섰던 아이. 원장님이 얼른 감사하다고 인사해야지, 라는 말에 잠깐 머뭇머뭇하던 그 아이.

26.

원장님은 아이가 고마운 건 고맙다고 말하는 어른으로 컸으면 좋겠다고 생각했을 수도 있다. 나도 나쁜 짓을 한 건 아니니 고맙다는 말쯤은 들어도 되는데 그게 그렇게 마음 아프고 피하고 싶었던 건

27.

아마 그 아이는 그동안 살아오면서 남들보다 고맙고 감사하다는 이야기를 더 많이 뱉어야 했을지도 모른다는 사실 때문이었다. 누군가에게는 너무 당연할 수 있는 일인데 그 아이에겐 고맙다고 감사하다고 꼭 말해야 하는 일이 됐던 순간이 얼마나 많았을까.

28.

내가 전해준 건 세제, 물티슈, 고무장갑, 섬유유연제 같은 생필품이었는데 말이다.

29.

잘 지내니? 잠깐 마주쳤지만 인상이 참 좋았던 아이.

30.

나중에 컸을 때 선생님이나 의료인처럼 사람의 마음을 어루만져야 하는 그런 직업을 하면 참 잘 어울릴 것 같았던 아이.

31.

고등학생 같아 보였는데 어쩌면 지금은 성인이 됐을지도 모르겠다.

32.

조금 더 크고 조금 더 어른이 되면 그땐 고맙고 감사하다는 이야기를 자주 하는 게 아니라 그런 말을 자주 듣는 사람이 됐으면 좋겠다. 분명 그럴 수 있을 거야.

33.

건강하렴. 아저씨가 가끔 네 생각을 한단다.

낭만

문자 메시지를 보내고
상대방이 확인을 했는지 안 했는지도 모르는 시절이 있었다.
언제 연락이 올까 조마조마했었는데
그보다 더 한참 전에는 목소리 한 번 듣는 것도 어려웠겠지.
그보다 더 전에는
누군가가 그리우면 그 사람 얼굴을 천천히 그리거나
한 번이라도 마주칠까 싶어 집 근처를 서성이는 것밖에
할 수 있는 게 없었겠지?

느리고 또 느리게 닿을 수밖에 없었을 것이다.

그 시절이 참 낭만은 있었는데.
불편하긴 했어도.
아니, 불편한 줄도 몰랐지.

필름 카메라, 턴테이블로 음악 듣기.
편지지를 골라서 손으로 편지쓰기.
꽃집이 아니라 꽃시장에서 꽃 사기.

대부분 낭만은 번거롭고 느리다.

사랑받는 대화

나는 이런 게 싫더라, 라고 말하는 것보단
나는 이런 게 좋더라, 라고 말하는 것.

왜 그랬냐고 다그치는 것보단
같이 해결해보자고 말하는 것.

가만히 이야기를 듣기만 하거나
반대로 자신의 이야기만 쏟아내는 게 아니라
진심으로 상대방의 말을 듣다가
적절한 타이밍에 질문을 하는 것.

장면

퇴근길에 전화하고 있을 때였다.
이야기가 길어져서 주차하고 집으로 올라갈 때까지
전화가 이어졌다.

현관 비밀번호를 누르는데
그런 생각이 들었다.
아, 당신은 내가 어디에 주차하고
어떤 비밀번호를 누르고
어떤 표정으로 올라갈지 그려지겠구나.
그 누구보다 우리 집에
많이 놀러 온 사람은 당신이니까.

당신은 운동 다녀오는 길이라고 했다.
집으로 돌아가 집안일을 할 거라고 했다.

나는 당신이 어떤 길을 걸으며
어떤 표정으로 집안일을 할지 머리에 그려지기 시작했다.
그 누구보다 당신 동네로 데리러 간 적이 많았으니까.
같이 음식을 해 먹은 날이 많았으니까.

사랑하다 보면 분명 물리적인 거리는 떨어져 있지만
그 사람의 일상이 머릿속에 선명하게
그려질 때가 있다.
그렇게 서로의 하루나 지금 상황이
머리에 그려진다는 건 그만큼 서로의 삶에
깊숙하게 스며들었다는 게 아닐까.

이 사람은 어떤 생각을 할까.
이 사람은 어떤 취향을 가지고 있을까.
이 사람은 일상을 어떻게 보낼까.
그렇게 고민하는 날이 무색할 만큼
서로의 삶에 깊숙하게 스며들어야만
머릿속에 모든 것이 그려질 테니까.
어떤 사람들은 모든 게 다 예측할 수 있기 때문에
오히려 사랑이 밋밋해진다고 말할지도 모르겠지만
난 그렇게 생각하지 않는다.

작은 것 하나까지 서로의 일상이
서로에게 선명하게 그려진다는 것.
그건 그만큼 삶의 많은 장면을
함께했다는 뜻이 될 테니까.

더 깊숙하게 사랑하고 있다는 뜻이다.

대충사는 것

아무리 찾아봐도 보이지 않는다. 지갑을 잃어버렸다. 사실 잃어버렸다고 썼지만 잃어버렸다고 생각하지 않는다. 주유소에서 기름을 넣고 작업실로 출근을 했는데 그 뒤로 지갑이 보이지 않는다. 주유소에는 분실 신고 들어온 지갑이 없다고 한다. 그럼 누가 가져간 건가? 그렇지도 않은 것 같다. 벌써 일주일쨌데 어떤 카드도 사용한 흔적이 없다.

동선이 복잡하지 않았기에 지금도 어딘가에 지갑이 있을 거라고 믿고 있다. 그래서 카드 재발급을 받지 않고 있는데, 생활을 하긴 해야 하니 내가 선택한 건 친구에게 돈을 보내고 그걸 인출 받아서 쓰는 거였다. 그런 생활을 지금 일주일째 하고 있다. 이 생활을 하면서 재밌었던 건 현금만 사용할 수 있게 되자 새로운 것들이 보인다는 것이었다. 주차비 정산하는 기계에는 현금을 넣는 곳이 없다. 카드를 쓸 때는 절대 몰랐던 일이다. 심지어 현금이 안 된다고 하는 카페도 있다.

그래서 지금 뭘 하든 간에 내가 돈이 얼마나 있는지 혹은 계좌 이체가 되는지 등을 파악해야 하고 지갑이 없기 때문에 현금을 항상 주머니에서 꺼내야 한다. 꼬깃꼬깃 접은 돈을 펴서 값을 지불할 때면 그런 생각을 한다.

나 정말 대충 산다고 생각하시겠지?

지갑도 없고 돈을 깨끗하게 가지고 있는 것도 아니고 천 원짜리 만 원짜리가 막 섞여 있는 걸 꺼내서 계산을 하니까 말이다.

근데, 나쁘지가 않다. 이상하게 이렇게 사는 것도 편하고 재밌다. 마치 태어난 김에 사는 것 같달까?

어쩌면 지갑이 없어도 되겠다.

도망

　내가 생각하는 SNS의 순기능이 몇 개 있는데 그중 하나는 사람들의 생각을 빠른 시간안에 많이 알 수 있다는 것이다. 그 어떤 곳에 질문을 하는 것보다 SNS를 열심히 한 사람이라면 훨씬 많은 사람에게 단기간에 질문을 할 수 있다. 사람들은 요즘 어떻게 지내는지 알고 싶거나 너무 집에만 있는 것 같을 때 물어보고는 한다.

　요즘 고민이 있나요?
　자주 하는 생각이 있나요?

　언젠가 집에서 열심히 일하다가 다른 사람들은 어떤 고민을 하면서 사는지 궁금해서 물어본 적이 있다. 취업 고민, 연애, 가족사, 인간관계 등 수많은 고민이 있었다. 하나씩 읽으면서 이런 고민을 하면서 사는구나, 싶을 때쯤 눈에 띄는 답변이 있었다. 딱히 고민이 있는 건 아닌데 예전에 준 기프티콘으로 커피 잘 마셨다고, 덕분에 지금까지도 살아 있다면서 고맙다는 내용의 글이었다.

라이브 방송을 했을 때였다. 화면은 다 가려두고 노래나 몇 곡 들으면서 수다를 떠는 게 전부지만 늦은 시간 이런저런 이야기를 나누고 있었다. 그때 어떤 한 친구가 댓글을 남겼다. 고3인데 죽고 싶고 힘들어서 학교에 안 가고 싶단다. 내일 하루만 학교 빠지고 싶은데 그래도 괜찮을지 나한테 물어본 것이다.

그 댓글을 보자마자 바로 대답했다. 학교 하루쯤 빠져도 된다고.

나도 학교 하루 빠지면 정말 세상이 무너지는 줄 알고 살았던 사람인데 지금 돌이켜 생각해보면 하루쯤 빠진다고 내 인생이 그렇게 달라지지 않았을 것이다. 심지어 평범한 상태도 아니고 마음이 많이 지쳐 있는 사람에게 학교 하루쯤 빠지는 건 정말 더 아무런 문제가 되지 않는다고 생각했다.

커피랑 케이크 기프티콘을 메시지로 보내면서 내일 학교 가지 말고 카페 가서 맛있는 거 먹고 동네 산책 좀 했으면 좋겠다고 말했다. 그러다가 서점에 가고 싶으면 가서 책도 좀 보고 영화 같은 거 보고 싶었던 거 있으면 좀 보고 혼자 충분히 좋은 시간을 보내도 괜찮다고 이야기했었다. 그 이후에 내가 메시지를 못 본건지 그 친구가 연락을 안 한 건지는 모르겠지만 그때 정말 내가 말한대로 학교 안 가고 카페에 가서 케이크를 먹고 혼자 좋은 시간을 보낸 모양이었다.

내가 생각하기에 사람은 저마다 신체적인 근력도 다르고 마음의 근력도 다르다. 누군가에게는 30kg짜리 가방이 가뿐히 들고 뛸 수 있는 무게겠지만 누군가에게는 들 수조차 없는 무게일 수도 있다.

누군가는 실패와 성공을 밥 먹듯 반복하더라도 언제든 회복할 수 있지만 누군가는 시련이나 실패가 아니라 정말 물방울만 하나 묻어도 무너지기도 한다. 모든 건 상대적이기 때문이다. 나이와 상관없이 현 시대를 살아가는 사람이라면 한 번쯤은 도망가고 싶다는 생각이 들었을 거라고 생각한다. 나 역시 그런 적이 무수히 많았으니까.

문제는 그런 순간이 찾아오면 도망을 가는 게
마치 나쁜 짓을 하는 것처럼 느껴진다는 것이다.
혹은 인생에서 패배한 것처럼 느껴지기도 하고.

나는 그런 사람이 보일 때면 최선을 다해서 도망을 응원한다. 커피와 케이크 기프티콘을 보냈던 그날처럼 말이다. 왜냐면 도망, 여행, 산책은 다 한 끗 차이기 때문이다. 도망이라고 하면 도망인 것이고 여행이라고 하면 여행인 것이고 휴식이라고 하면 휴식인 것이고 산책이라고 하면 산책인 것이다.

　그러니 마음껏 떠나시길. 마음껏 피하고 마음껏 멀어지시길.
　누군가에겐 도망처럼 보일 수 있으나
　당신이 스스로 여행이라고 말하면 되는 거니까.
　누군가에겐 산책처럼 보일 수 있으나
　당신이 스스로 도망가는 중이라고 생각하면 되니까.

보통의 하루

정신없이 흘러가던 회의가 끝났을 때였다. 노트북을 챙기고 다음 일정을 위해 일어나려고 하는데 회의 테이블에 햄버거가 하나 있었다. 알고 보니 동료가 점심으로 먹으려고 시킨 거였다. 이상한 점은 햄버거가 절반 정도 남아있었다는 것이다. 햄버거 하나를 다 못 먹을 정도로 입이 짧은 사람은 아니었는데.

알고 보니 졸릴 것 같아서 절반만 먹은 거였다. 해야 할 일이 있는데 졸리면 효율이 안 나올 것 같아서 절반만 먹었단다. 작은 햄버거 하나를 절반만 먹어야 하는 하루에 대해 생각하면서 주차장을 빠져나왔다. 그리고 그때 알았다. 해가 지고 있었지만, 오늘 내가 먹은 건 커피 한 잔이 전부였다는 것을.

똑같이 햄버거를 먹었다. 그리고는 함께 일하는 사람의 기분을 이해하고 싶어서 나도 햄버거 하나를 딱 절반만 먹었다. 밖을 멍하니 바라보는데 이런 생각이 들었다.

사람들 진짜 열심히 산다.

그날 내가 만난 사람들은 다 그랬다. 아침 일찍 작은 창문으로 커피를 건네주던 사람도 주문번호를 확인하고 햄버거를 건네준 사람도 음식은 손도 못 대고 서류 뭉치를 꺼내놓은 사람도 한 손으로 책을 보면서 밥을 먹는 사람들까지 모두 다 열심히 살고 있었다.

다음 일정이 끝났을 땐 퇴근 시간이라 거리에 사람이 가득했다. 이 사람들도 열심히 일을 하고 집으로 돌아가는 길이겠지. 아니면 남들보다 조금 늦게 하루를 시작할 수도 있다. 출근을 했든 공부를 했든 운동을 했든 아마 다 각자 자신의 영역에서 최선을 다하면서 바쁜 하루를 보냈을 것이다.

과연 모두 만족하는 하루를 보냈을까?
자신이 한 노력과 최선이 그대로 보상이 되어서 돌아왔을까?
아마 그러지 않았을 것이다.

삶은 한순간에 확 바뀌는 것이 아니라 눈에 보이지 않을 정도로 조금씩 바뀌는 거니까. 조금씩 조금씩 축적된 것들이 한 번에 터지는 것에 더 가까우니까.

하루하루 최선을 다하면서 살아도 이게 맞는 건가 싶을 때가 있다.
과거는 그립게 느껴지고
현재는 버겁게 느껴지고
미래는 두렵게 느껴지는.

당신의 하루는 어땠는지 묻고 싶다. 작은 것들로 자신을 조금은 위로해줬는지. 그래도 바쁜 와중에 밥은 거르지 않았는지. 그래도 노을을 한 번쯤 바라봤는지. 좋아하는 노래 몇 곡은 들었는지.
오늘 당장 아무것도 달라지지 않는다고 해서 우리가 최선을 다하지 않은 건 아닐 것이다. 보통의 하루가 조금씩 모여서 우리를 더 멋진 곳으로 데려다 줄 테니 말이다.

눈빛

나이가 든다는 건 그런 게 아닐까.
혼자서 살아갈 수 있다고 자신했는데
점점 더 혼자서는 절대 살아갈 수 없다는 걸 깨닫게 되는 일.

그걸 깨달았을 땐 누군가에게 조언을 구하지 못하는 사람이
되어있고
또 용기를 내서 누군가에게 조언을 구하고 싶더라도
그럴 수 있는 사람은 이미 내 곁에서 없어지는 일.

다시 또 혼자 선택하고 또 혼자 책임지고
그러다 지치고 가끔은 기대고 싶은데
누군가에게 기대야 하는지 알 수도 없게 되는 그런 것.

어디 가서 솔직하다는 소리를 많이 듣는 편이지만, 사실 나는 그렇게 생각하지 않는다. 지난 시간을 돌아봤을 때 내가 정말 원하는 걸 말해본 적이 거의 없기 때문이다. 어쩌면 글을 쓰는 삶을 선택했던 것도 그 때문인지도 모른다. 말로 할 수 없는 이야기를 글로는 얼마든지 풀어낼 수 있으니까.

지독하게도 비가 내리던 8월, 그날도 그랬다. 아버지를 중환자실로 옮겨야 할 것 같다는 이야기를 들었을 때 짐을 챙기고 내려가니 이미 아버지는 중환자실로 들어가고 없었다. 문밖에서 호출 버튼을 누르고 간호사가 나왔을 때 서류와 몇 가지 물건을 전달하면서 잠깐 들어갈 수 있냐고 묻자 면회 시간이 아니라서 안 된다는 대답이 돌아왔다. 잠깐 머뭇거리다가 알겠다고 하고 돌아섰다. 정말 면회 시간이 아니기도 했고 아버지가 중환자실에 갔다가 건강하게 퇴원한 적이 많았기 때문에 안일한 것도 있었지만 가장 큰 이유는 잠깐이라도 들어가서 얼굴만 뵙고 나오면 안 되냐고 한 번 더 솔직하게 말할 용기가 없었기 때문이다. 아버지는 그렇게 중환자실에 들어간 지 5일이 지나지 않아서 세상을 떠나셨다.

아버지가 돌아가시고 누나와 이야기를 나누다 몰랐던 사실을 하나 알게 됐다. 누나가 결혼 생각으로 한창 고민이 많을 때 아버지한테 물어본 적이 있단다. 어떤 남자를 만나서 함께

사는 게 좋을 것 같냐고. 그러자 아버지는 평범하게 살아온 사람을 만나라고 대답했단다. 모난 곳 없고 큰일 없이 자라온 사람을 만나서 평범하게 사는 게 최고라고. 맥주를 꽤 마시다 이 이야기를 들었을 때 누나가 부러웠다. 나는 아버지와 그런 이야기를 한 번도 나눠본 적이 없기 때문이다.

　그 작은 아파트에서 매일 함께 살았지만 그런 이야기를 나눠 본 적이 없었다. 솔직하게 말하는 게 늘 어려웠다. 누가 먼저 용기를 내지 않는 이상 그런 이야기를 주고받는 건 불가능에 가까웠다. 그렇다고 아버지한테 무엇도 물어보고 싶지 않았다거나 도움이 필요하지 않았던 건 아니었다. 묻고 싶은 게 산더미 같았지만 늘 그랬듯 습관처럼 혼자 해결하고 혼자 넘어지고 혼자 일어나고를 반복했다. 사실 내심 속으로는 그런 생각도 있었다. 언젠가 그런 대화를 나눌 때가 있겠지. 내가 조금 더 나이 들면 아버지와 마주 앉아 어른스러운 대화를 할 수 있을 거라고 생각했다.

　얼마 전, 중요하다고 표현하기도 애매할 만큼 중요한 일들이 연달아서 몰린 적이 있었다. 어떻게 하는 게 제일 좋은지 혹은 내가 잘할 수 있을지 혹은 나에게 주어진 일이 두려울 땐 어떻게 이겨내면 좋을지 고민하다가 아버지한테 한 번쯤은 물어볼 걸 그랬다는 생각이 들었다. 이럴 때 어떻게 해야 하냐고 딱 한 번만 물어봤다면 아마 그 대답을 해답 삼아 살지 않았을까. 하지만 이제 용기를 내서 솔직하게 물어보고 싶어도 그럴 수 없는 지경에 이르렀다. 운동을 갔다 오는 길에 마음이 하도 답답해서 아버지한테 한 번 물어볼 걸 그랬다는 내용의 글을 써서 SNS에 올리자 늦은 시간임에도 많은 댓글이 달렸다. 나처럼 후회를 하는 분도 계셨고 응원을 해주는 분도 계셨지만 많은 댓글 중에서 유독 눈에 띄는 댓글이 있었다.

아버지라면 내게 어떻게 말해주셨을지 궁금할 때
내 마음속에 살아있는 아버지를 불러일으켜 지혜를 빌리고는 했어요.
혼자지만 혼자가 아니라는 마음으로
사랑하는 이를 떠나보내고 남겨져서 살아가는 방법 중 하나였어요.

나도 이 방법을 안 사용해본 건 아니었지만 아무리 떠올려도 아버지가 나한테 무슨 말씀을 하고 싶은지 알아차릴 수가 없었다. 이번에는 다를까 싶어 이 댓글을 보고 다시 한번 돌아가봤다. 그때 그 중환자실로. 잠깐 얼굴이라도 볼 수 없냐고 솔직하게 말하지 못하고 집으로 돌아간 다음 날 면회 시간에 맞춰 중환자실을 찾았을 때 아버진 그래도 의식이 있는 상태였다. 사람이 정말 신기한 건 아버지가 중환자실에 들어갔다가 언제 그랬냐는 듯이 건강하게 퇴원을 한 적이 무수히 많았지만 그날은 이상하게 아버지 얼굴을 보자마자 울음부터 나왔다. 평소와 다른 무언가가 느껴졌기 때문이다. 꼭 지금 말하지 않으면 안 될 것 같은 기분에 고맙고 미안한 것들에 대해서 쏟아내기 시작했고 그럴수록 감정은 더 격해져서 아버지 앞에서 태어나서 가장 솔직한 모습으로 하염없이 눈물만 흘렀다.

그때 아버진 눈물을 닦아주려고 내 얼굴 쪽으로 손을 드셨다. 너무 많은 기계가 연결되어 있었고 너무 힘이 없어 보였기에 힘드니까 손 들지 말라고 말하고는 눈물을 훔치면서 아버지와 눈을 마주쳤을 때 나를 바라보던 느리고 그윽한 그 눈빛. 그 눈빛을 몇 번이고 다시 떠올려보자 아버지가 나한테 어떤 말씀을 하고 싶으셨는지 이번에는 조금 느껴지는 것이다.

괜찮아. 다 별일 아니야.

대답 한마디 할 수 없는 아버지 앞에서 아버지를 걱정했다가 용서를 구했다가 고마움을 표현했다가 아버지가 없는 남은 삶을 잘 살겠다고 말했다. 아버지는 그런 나를 그윽하게 바라보며 내가 움직일 때마다 눈동자로 느리게 따라오면서 계속해서 그렇게 말해주고 있었던 것 같다.

괜찮아. 다 별일 아니야.
다 괜찮아.

앞으로도 살아가면서 내가 나를 의심하는 순간은 또 찾아올 것이다. 겪을 일은 다 겪었다고 생각할 때쯤 새로운 시련이 찾아올 것이고 어떻게 해야 잘 살 수 있을지 매번 고민해도 정답이 나오지 않을 것이다. 그럴 때면 눈을 감고 아버지가 나를 바라보던 그 눈빛을 떠올릴까 한다. 그럼 정말 괜찮아질 것 같다. 모든 일이 다 별일 아닌 것처럼 느껴질 것만 같다. 만약 당신도 나와 비슷한 상황이라면 한 번쯤은 깊게 생각해봐도 좋을 것이다. 분명 앞으로 남은 삶을 살아가야 하는 우리에게 어떤 힌트라도 남기셨을 테니까.

무료함

삶이 무료하게만 느껴질 때 나를 힘들게 하는 건 사실 그 생각인지도 모른다.

삶이 늘 재밌어야 한다는 생각.

이 생각을 가지고 있으면 무료한 지금이 되게 별로처럼 느껴질 것이다. 재밌어야 하는데? 신나고 좋은 일 많이 일어나야 하는데 왜 이렇게 밋밋하고 지루하지? 마치 삶이 꼭 행복해야 한다고 생각하면 불행한 일이 있었을 때 견디기 어려운 것처럼 삶이 늘 재밌어야 한다는 생각은 그 자체가 문제가 될 수 있다. 재미없는 순간을 문제로 만들어버리니까.

볼 건 없는데 단순히 심심해서 텔레비전을 틀었을 때 재밌는 영화가 나올 수도 있고 재미없는 영화가 나오고 있을 수도 있다. 그 순간 왜 이렇게 재미없는 영화만 나오는 거냐고 생각해버리면 그때부턴 모든 게 다 문제처럼 보일지도 모른다.

그냥 재미있는 영화가 나올 때도 있고 재미없는 영화가 나올 때도 있는 것.
그래서 난 내 삶이 무료하게 느껴질 때면 그냥 그런 시즌인가보다 생각한다.
아 이번주에는 재밌는 영화를 안 하네.
아 지금은 재미없는 시즌이구나 하고.

지금 삶이 무료하다는 건 곧 재밌는 일이 일어날 거라는 것과 비슷하니까.

연습

살다 보면 정말 별의별 사람을 다 만난다.
좋은 사람만 만난다면 좋겠지만
속상하게도 그렇지 않은 경우가 훨씬 더 많다.

"와 저 사람 진짜 별로다."
"어떻게 저런 행동을 할 수 있지?"
"예의 없고 이기적이구나."

이런 생각이 저절로 드는 사람들.

문제는 그런 사람을 만나면
이런 생각이 들 때가 있다는 것이다.

내가 뭘 잘못했나?
내가 부족해서 그런가?

누가 봐도 잘못이 없는 상황에서 자신을 검열하게 된다.
요즘은 연습을 하고 있다.
어떤 이상한 사람이 한 행동을
나의 잘못 때문이라고 생각하지 않기.
원인이 나에게 있거나 나 때문에 일어난 일이라고
생각하지 않기.

그 사람을 이해하려고 하지도 말고
받아주려고 하지도 말고
그냥 이렇게 말하기.

"와 진짜 이상한 사람이다."

연락

사회성이랑 사교성이랑은
명백히 달라요.
저는 사회성은 그래도 있는 편인데
사교성은 영 없는 편이죠.

명절, 설날, 새해, 생일 이럴 때마다
연락해줘서 고마워요.
덕분에 그래도 일 년에 몇 번은 얼굴 보고 사네요.

사교성이 없는 저에게
살갑게 먼저 연락해주는 거
그것만큼 고마운 일이 있을까요.

동네 친구

내가 어른이 다 됐다고 느끼는 순간은 생각보다 특이한 순간이었다. 동네 친구가 점점 없어질 때였다. 초등학생 때는 학교 끝나고 놀이터에 가면 친구들이 가득했다. 20대 초반만 해도 동네에서 술 한 번 마실 때면 다섯 명은 쉽게 모였는데 먹고 사는 게 바빠지고 누군가는 결혼하고 또 누군가는 삶의 터전을 바꾸면서 점점 동네 친구가 줄어들었다. 동네 친구가 있었으면 좋겠다. 퇴근길에 전화 한 통으로 불러내서는 날씨와 어울리는 술 한잔 같이 할 수 있는. 오늘 하루 있었던 일을 세세하게 이야기하기도 하고 시간이 늦어지면 마음속에 숨겨둔 이야기도 덜컥 꺼낼 수 있는 그런 친구. 몇 시간을 함께 있어도 나눈 대화가 하나도 기억나지 않을 만큼 쓸모없는 이야기를 해도 좋겠다. 편한 차림으로 털레털레 만날 수 있는 동네 친구가 그립다.

바쁘다는 말

요즘 들어서 자기 자신이 가지고 있는 어떤 본질적인 기질은 잘 안 바뀐다는 것을 더 절실하게 느낀다. 예를 들어 천천히 사는 사람에게 치열하게 살라고 말한다고 해서 그 사람이 한 순간에 치열해지지는 않는다는 거다. 반대로 바쁘게 사는 사람에게 제발 좀 쉬면서 하라는 말을 해도 그 사람은 절대 쉽게 쉬지 못할 것이다. 그건 어떤 기질 같은 거니까. 바꾸려고 해도 잘 바뀌지 않는.

그래서 요즘은 바빠 보이는 사람에게 좀 쉬어가면서 하라는 말을 하진 않는다.
아무리 얘기하더라도 결국 바쁠 테니까.

하고 싶은 게 많고 원하는 것이 많은 만큼 충분히 바빴으면 좋겠다. 그런 사람들에게 필요한 건 좀 쉬면서 하라는 말이 아니다. 가끔 지칠 수 있으니 아무 생각 없이 웃을 수 있는 재밌는 이야기가 필요하다. 가끔 쉬고 싶을 수 있으니 그럴 때 꽉 안아줄 수 있는 든든한 사람이 필요하다. 다만 가끔 어딘가로 훌쩍 떠나고 싶을 수 있으니 그럴 때 갈 수 있는 사람 없고 조용한 곳이 필요할 뿐이다. 그러니 그냥 마음껏 바쁘길. 바쁜 걸 마치 잘못된 것처럼 느끼지 말고 바쁜데 억지로 안 바쁘려고 하지 말고 그냥 마음껏 바쁘길.

슬픔

작가님은 힘들 때 무엇으로 위로받나요?

종종 이런 질문을 받습니다.

아무래도 직업이 작가다 보니까 색다른 방법이 있을 것 같아서

여쭤보시는 거겠죠?

죄송하게도 드라마 보거나 운동하거나 음악 듣는다는

뻔한 대답을 했습니다.

제가 진짜로 위로받는 방법은 별 도움이 되지 않을 것 같아서였어요.

약간의 특수성이 있으니까요.

제가 말한 것들로부터 위로를 못 받는 건 아니에요.
정말 좋은 위로가 되지만 약국에서 살 수 있는
감기약 같은 거라고 생각해요.
가벼운 아픔에는 효과가 좋을 수 있지만
정말 아플 땐 병원 가서 처방받은 약을 먹어야죠.

삶이 정말 별로처럼 느껴질 때
행사나 전시회 때 받은 편지를 읽어요.
서재 책상 아래에 다 모아두었거든요.
천천히 편지를 읽다가 인터넷 서점에 들어가서는
제가 쓴 책에 대해 사람들이 남긴 말을 읽어요.
개인 정보 보호 때문에 아이디도 제대로 다 나와 있지 않지만
정말 누가 누군지 아무것도 알 수 없지만
가만히 읽다 보면 이상하게 며칠 더 살아보고 싶은 생각
이 들거든요.
고맙고 고맙고 또 고맙고 그래요.

그럼 기분이 제법 괜찮아져서

다시 앉아 글을 씁니다.

힘든 일이 일어났을 때 글이 잘 써지는 이유는

그때 자기 자신이 위로받고 싶은 상태가 되기 때문이에요.

위로받고 싶은 사람일수록 다른 사람 위로도 잘해주는 법이

거든요.

다시 앉아서 글 쓰면서 마음을 정리하고

그렇게 정리한 글로 누군가는 위로를 받고

저는 또 그 모습을 보면서 위로받겠죠.

슬픔은 나누면 줄어드는 게

정말 맞나봐요.

당신

아침 일찍 나보다 먼저
하루를 시작하는 친구가
날이 춥다는 메시지 하나를 보내놓았다.
친구보다 하루를 늦게 시작한 나는
평소보다 조금 더 두꺼운 외투를 챙겼다.

그리고 또 어느 날은
종일 회사에 있었을 친구에게
비 오는데 우산 있냐고 물어보자
친구는 그제야 비가 오는 걸 알았다고 했다.
오랫동안 잘못 생각하고 있는 게 있었다.
혼자서 살아갈 수 있다는 생각이었다.

좋은 일은 함께 기뻐하지도 못하고
힘든 일은 혼자 해결하고
잠깐 쉬는 것도 기대는 것도 없이
혼자서 앞으로 달려 나가는 것만이
정답이라고 생각했다.

어쩌면 지금까지 내가 이렇게
잘 지낼 수 있었던 건
천천히 걸을 때면 옆에서
내 속도에 맞춰 걸어주던 사람과
정신없이 달려가면 잠깐 쉬었다 가라는 말을 건네주는
사람 덕분이 아니었을까.
메시지 하나에
두꺼운 외투를 챙기던 그날처럼 말이다.

한 해가 거듭할수록 점점 더
함께하는 것의 아름다움을 느끼고 있다.

당신이 있기에 내가 있다.

끝마치며

지인을 만난 적이 있습니다. 굉장히 힘든 시간을 오래 보낸 사람이었습니다. 몇 년간 연락이 제대로 닿지 않다가 정말 오랜만에 만났습니다. 저녁에 술 한잔하면서 일 이야기, 사는 이야기를 나눴습니다. 그러다 그 친구가 문득 이런 말을 했습니다.

"좋을 땐 다 좋아요.
회사가 잘 될 땐 주변에 좋은 사람들이 넘쳐나고
내가 행복하고 내가 건강할 땐
주변에 나를 찾아주는 사람이 가득하더라고요."

저는 그 말이 계속 맴돌았습니다.
왜 그런가 하고 생각해보니 좋지 않을 땐 다 좋지 않다는 말로 들렸기 때문입니다.

살아가면서 좋은 일과 힘든 일이 일어나는 횟수를 하나씩 헤아려 본다면 얼마나 될지 모르겠습니다. 어쩌면 정확히 절반의 확률일 수도 있습니다. 하지만 중요한 것은 사람은 힘든 일을 더 강하게 기억한다는 것입니다. 많은 사람이 행복하게 살고 싶어 합니다. 많은 사람이 부와 명예를 얻고 싶어 합니다. 많은 사람이 영원한 사랑을 꿈꿉니다. 이렇게 하면 월 천만 원은 벌 수 있다. 이렇게 하면 반드시 사랑에 성공할 수 있다는 이야기가 넘쳐나는 세상입니다.

그런 것보다 더 중요한 것은 무엇일지 생각해봅니다.

원론으로 돌아가서 제가 내린 결론은 그랬습니다. 힘든 일을 어떻게 바라보고 어떻게 극복하느냐가 결국 중요한 거라는 결론에 도달했습니다. 일 잘 풀릴 수 있습니다. 하지만 잘 안 풀릴 수도 있죠. 사랑할 수 있습니다. 하지만 이별할 수도 있죠. 행복하고 건강할 수 있습니다. 하지만 불행하고 아플 수도 있습니다. 좋을 땐 다 좋지만 좋지 않을 땐 모든 게 다 좋지 않을 것입니다.

힘든 일이 일어났을 때 나는 도대체 무엇으로 견뎠는가. 그 지옥 같은 시간들이 지나갔을 때 나한테 어떤 상처와 어떤 씨

앗이 심어졌는가 되돌아봅니다. 정말 도망가고 싶은 시간을 잘 견디고 났을 땐 항상 뭔가를 더 사랑하게 됐습니다. 내가 누군지 모르겠는 시간을 잘 지나고 나면 내가 나를 더 사랑하게 됐고요. 연인과 끝까지 다투고 오히려 그 사람을 더 사랑하게 된 적도 있습니다. 일이 잘 안 풀릴 때 최선을 다해서 돌파하고 나면 그다음엔 할 수 있다는 자신감이 내 일을 더 사랑하게 만들어줬습니다.

힘든 일이 몰려오면 그렇게 생각하려고 애씁니다.
아, 사랑할 기회구나.
이 시기만 잘 보내고 나면 뭔가를 내가 더 사랑하게 되겠구나.

물론 어려운 일이기는 합니다. 하지만 조금이라도 사랑할 기회라고 생각하는 것과 나한테 왜 이런 일이 일어났냐고 생각하는 건 차이가 크다고 생각합니다. 어떠셨는지 모르겠습니다. 제가 전달하고 싶었던 의도가 잘 전달됐을 수도 있고 부족했을 수도 있습니다.
속는 셈 치고 한번 믿어봐 주셔도 좋을 것 같습니다.
힘든 일이 일어났을 때 이게 과연 사랑할 기회가 될까? 하고 의심이 될 수도 있지만 그럼에도 한번 믿어주셨으면 좋겠습니다. 저는 이 생각으로 많은 시간을 건너왔거든요. 한 사람에게 강하게 힘을 주었던 문장이라면 다른 누군가에게도 힘이 될 수 있지 않을까 합니다.

어떤 시간을 보내고 계시나요? 어쩌면 지금 보내고 있는 그 시간이 사랑할 기회일지도 모르겠습니다.

무엇을 사랑할 기회냐고 물어보신다면 그건 아마 당신께서 가장 잘 알고 있지 않을까 합니다.

사랑할 기회라는 말 앞에

어떤 단어를 넣고 싶으신가요?

사랑할 기회

ⓒ 박근호 2023년
초판 1쇄 발행 • 2023년 2월 24일
　　5쇄 발행 • 2024년 9월 10일

지은이 • 박근호
책임편집 • 오휘명
마케팅 • 강진석
디자인 • 유서희
펴낸곳 • 도서출판 히웃
출판등록 • 2020년 4월 28일 제 2020-000109호
제작처 • 책과 6펜스
전자우편 • heeeutbooks@naver.com

ISBN • 979-11-92559-69-8(03810)